Die Grals-Verschwörung

Manfred Dimde

Das Jesusgrab jetzt entdeckt

Die Grals-Verschwörung

Geheimdokumente der Templer

FALKEN
TaschenBuch
Spezial

Vom selben Autor ist im FALKEN TaschenBuch bereits erschienen:
Welt am Wendepunkt. Nostradamus. Prophezeiungen für das 21. Jahrhundert. (60299)

Dieses Buch wurde auf chlorfrei
gebleichtem und säurefreiem Papier gedruckt.

Originalausgabe
ISBN 3 635 68001 X

UMSCHLAGGESTALTUNG: Zembsch' Werkstatt, München
GESTALTUNG: Beate Müller-Behrens
MANUSKRIPTREDAKTION: Dr. Andreas Gößling, München
REDAKTION IM VERLAG: Susanne Janschitz
HERSTELLUNG: Beate Müller-Behrens
TITELBILD: G+J Fotoservice, Hamburg/C. Rosenstein
ZEICHNUNGEN: DANIELA SCHNEIDER, FRANKFURT/M.: S. 34, 56, 73, 77, 87, 100, 101, 139, 144, 148; BEATE MÜLLER-BEHRENS: S. 85, 131, 166
BILDQUELLENNACHWEIS: Mit freundlicher Genehmigung des Autors: S. 22, 26, 35, 39, 42, 43, 91, 92, 95, 97, 111, 115, 116, 120, 127, 128, 136, 138, 140, 141, 144, 146, 147, 152, 155, 162, 163, 164, 165, 169; ARCHIV FÜR KUNST UND GESCHICHTE, BERLIN: S. 63
SATZ: Studio Bandur, Bad Camberg
DRUCK: Media-Print Informationstechnologie GmbH, Paderborn

817 2635 4453 6271

INHALT

EINFÜHRUNG

Eingezwängt in den immer perfekter durchorganisierten modernen Alltag, ahnen immer weniger Menschen, daß auch heute noch abenteuerliche Entdeckungen möglich sind – wie in den Zeiten, als die Landkarten noch weiße Flecken aufwiesen. Ich erinnere mich, wie ich als Junge Geschichten von Entdeckern verschlang und in meinen Träumen als einsamer Einzelreisender, von giftigen Tieren bedroht, mühsam einen Flußlauf bis zur Quelle zurückverfolgte. Wir alle haben mit den legendären Abenteurern mitgefiebert, wenn sie knapp der Gefahr entrannen, von Eingeborenen verspeist zu werden, oder nahe dem Nordpol in einem Schneesturm Schlitten und Orientierung verloren.

Vergangenheit? Viele Zeitgenossen, die einst unternehmungslustig von vergangenen Zeiten träumten, in denen es noch etwas zu entdecken gab, haben irgendwann resigniert aufgegeben: Überall, wo sie hinsahen, wo sie selbst etwas entdecken wollten, hatte schon ein anderer vor ihnen gegraben. Damit war das Flair des Abenteuers für sie zerstört.

Falsch, kann ich hierzu nur sagen, denn es gibt auch heute noch genug Betätigungsfelder, auf denen man nach Jahrhunderten, ja nach Jahrtausenden als erster Altes neu entdecken kann. Heute, im Zeitalter von Auto und Flugzeug, von geregelten und gesicherten Verhältnissen ist es leichter als noch vor hundert Jahren, auf Entdeckungsreise zu gehen.

Hat man einmal das „Gewußt wie" herausgefunden, nämlich dort zu suchen, wo die Wissenschaftler nicht mehr forschen, weil sie kein Geld oder keine Zeit haben, dann hat man gute Chancen, das Abenteuer seines Lebens zu finden. Ich vergleiche das mit den Goldschürfern, für die es sich lohnt, den Abfall ihrer Vorgänger, der vor hundert Jahren aufgehäuft wurde, nochmals zu durchsuchen, um schließlich doch noch Nuggets zu finden.

Die Flut der Informationen, die man heutzutage bequem zu sich nach Hause lenken kann, schafft eine neuartige Infrastruktur, durch die Kombinationen mit Details aus anderen Forschungsbereichen möglich werden. Verknüpft man Hintergrundinformationen mit brachliegenden Talenten von Privatleuten, so wird es möglich, eine neue Form des Entdeckertums mit Erfolg zu praktizieren, denn tausend etwas dümmere Sucher sind einem Professor allemal überlegen.
Ich behaupte also, daß es auch heute noch möglich ist, Dingen auf die Spur zu kommen, an denen die Gesellschaft, der Kulturkreis, ja die ganze Menschheit mangels Hintergrundwissen in früherer Zeit, achtlos vorübergegangen ist. Das mag überheblich klingen, aber ich kann nur jedem Interessierten empfehlen, so zu verfahren.
Mein Rat:

- Trauen Sie keiner Überlieferung – es sei denn, Sie haben die Details persönlich überprüft.
- Trauen Sie keinem Historiker – es sei denn, Sie haben beide Seiten der Geschichte nachgeprüft.
- Haben Sie keinen Respekt vor derzeit lebenden Experten – es sei denn, Ihr Respekt ist aus dem persönlichen Kontakt mit diesen Fachleuten erwachsen.
- Versuchen Sie die Objekte Ihrer Arbeit dreidimensional zu sehen ...

... und schon stehen sie mitten im Abenteuer Ihres Lebens. Zwar wird nicht jedes Familienmitglied und jeder Ihrer Freunde Ihre Begeisterung teilen, aber irgendwann haben Sie es geschafft, den Blick für mögliche versteckte Geheimnisse zu entwickeln, und dann werden Sie zum Scout Ihrer Abenteuer, um die viele Sie beneiden werden.
Hierfür müssen wir nicht nach Afrika reisen. Es reicht zum Beispiel aus, während eines Urlaubs am Mittelmeer – an spanischen Strän-

den oder in französischen Ferienzentren - für nur zwei bis drei Tage einen Abstecher in die Pyrenäen zu machen, sich dort in aller Ruhe umzusehen und die sichtbaren Fakten mit dem, was aus dieser Gegend berichtet wird, zu vergleichen.
Im zweiten Schritt - bis zum nächsten Urlaub - kann man dann zu Hause in aller Ruhe vom Schreibtisch aus recherchieren, um sich in die überlieferten Besonderheiten und Geheimnisse der Gegend einzulesen. In einem weiteren Schritt, nennen wir es „unsere private Feldarbeit", können wir die Grundlage zu unserem Abenteuer legen, weil wir in Details eindringen, an denen allen anderen achtlos vorübergegangen sind.
Ähnlich können Sie in Griechenland, in der Türkei, in Marokko, Tunesien, Mexiko, ja selbst in scheinbar völllig „entzauberten" Ländern wie Holland oder Belgien verfahren.
Ich habe mit gutem Grund die Pyrenäen erwähnt, denn von dieser Region werden Sie im folgenden noch einiges darüber erfahren. Aber auch in Deutschland können Sie als Schatzsucher fündig werden. Füssen im Allgäu und seine Umgebung bewahren seit Jahrhunderten eines der großen Geheimnisse der Christenheit ... nur weiß niemand davon, weil niemand sich der Mühe unterzieht, dieses Abenteuer wirklich anzugehen und sich in die Details einzuarbeiten. Ich erwähne den Ort Füssen deshalb, weil er im direkten Bezug zu den Pyrenäen steht - auch hierauf komme ich im Verlauf dieses Buches noch ausführlicher zu sprechen.
Kehren wir aber zu der Sache zurück, die uns in diesem Buch vorrangig interessiert. Auch hierbei geht es um Schätze und geheime Verstecke, um den legendären Gral und vor allem - um das kostbarste Geheimnis der Christenheit.

Im Jahr 1886 wurde ein gewisser Abbé Saunière zum Seelsorger von Rennes-le-Château bestallt. Ob er diese Ernennung zum Pfarrer eines armseligen Pyrenäendörfleins selbst betrieben hatte oder ob sie, mit seiner Einwilligung, von Hintermännern gesteuert worden

war – so oder so markiert sie den Anfang einer der spannendsten Schatzinselstorys unserer Neuzeit. Heute, rund hundert Jahre später, vertreten manche Insider die Meinung, daß sich mit seiner Ernennung nur jene Verschwörung fortgesetzt habe, die sich seit den letzten Tagen der Templer in den Bergen der Pyrenäen vollzog und gleichsam selbst am Leben erhielt.
Der Motor dieser Verschwörung saß demnach in Carcassonne, das damals eine Tagesreise entfernt war. Möglicherweise war auch der dortige Bischof in das Wissen um den Aufbewahrungsort von fünf bedeutenden Schätzen eingeweiht, darunter der römische Staatsschatz, der seit 410 n.Chr. in den Pyrenäen gehütet wurde. Zu diesen Schätzen gehört auch das Grab Jesu, das die Tempelritter anscheinend eigens für die Gebeine des Religionsstifters erbauten und noch lange nach Zerschlagung des Ordens unauffällig überwachten.
Auf dem Friedhof des Pyrenäenortes Axat befindet sich der Dreh- und Angelpunkt für eine Geschichte, die eigentlich wie eine Rakete in der christlichen Welt einschlagen müßte.
Zum einen finden wir dort den Hinweis zum Einstieg in das Grab Jesu und in das Versteck eines geheimnisvollen Gegenstandes, den wir seit den Tagen der Minneritter als „Gral" kennen. Damit wäre ein Ergebnis der Recherche vorweggenommen; ein zweites ist die Geschichte um die Gebrüder Boudet, die einem Kriminalroman in nichts nachsteht. Beide sind eines natürlichen Todes gestorben, nur haben sie eine Zeitbombe auf ihrer Grabplatte hinterlassen.
Im Friedhof des von schroffen Felsen umgebenen Ortes Axat sind die Gebrüder Boudet beerdigt. Beide – oder war es nur Henri Boudet? – haben für sich eine Grabplatte aus Sandstein anfertigen lassen, die keine Besonderheiten aufweist – abgesehen von einer kleinen Verschlüsselung in der Grabinschrift für Henri Boudet.
Diese Unauffälligkeit ist charakteristisch für das System, das die Hüter des Grabes Jesu zwischen 1870 und 1915 für die Nachwelt hinterlassen haben – jeder auf seine Weise, wie wir noch sehen wer-

den. Trotzdem, auf dieser Grabplatte ist der Hinweis auf das Versteck, auf das bestgehütete Geheimnis der Christenheit, abgebildet, auf den Aufbewahrungsort des Grals und den Zugang zum Grab Jesu! Es handelt sich hierbei um ein Buch aus Stein mit der Inschrift M.I.O.X.I.

Pfarrer Boudet, wahrscheinlich die graue Eminenz des Geheimwissens in dieser Region, hat sich auf seiner Hälfte der Grabplatte ein Buch meißeln lassen. Auf diesem Buch sind in voller Breite jene Buchstaben „M.I.O.X.I." zu entziffern. Und damit beginnt unser Abenteuer, in dem es um Kelten, Katharer, Kreuzritter und die heimlichen Hüter des Grabes Christi geht.

Das Material zum vorliegenden Werk trug ich zusammen, als ich 1981-85 in Südfrankreich - also vor Ort - versuchte, die Geheimsprache des Nostradamus zu dechiffrieren.

Nostradamus (1503-1566), Arzt und Berater des französischen Königspaars Heinrich II. und Katharina von Medici, gilt seit 1555 als der Prophet dieses Jahrtausends. Seine rund eintausend vierzeiligen Verse zur Zukunft der Menschheit dürften die weltweit bekanntesten Weissagungen sein.

Mein Interesse an Nostradamus wurde geweckt, als ich zufällig auf Ähnlichkeiten zwischen altägyptischen Tafeln und seinem Werk stieß. Mein Einstieg begann mit den ersten Worten, die ich entziffern konnte: „A und O ist die Sequenz." Wer nun meint, daß damit schlicht „Alpha und Omega" gemeint seien, die Sequenz also durch Anfang und Ende eines Zeitraums bestimmt werde, der irrt, wie auch ich 1982 zunächst in die Irre ging.

Im Jahr darauf kam ich auf die Idee, für das A eine 1 und für das O eine 0 zu setzen. Der verschlüsselte Satz las sich nun so: „10 ist die Sequenz." Das stimmte schon eher, zumal die rund tausend Verse in 10 mal 100 gegliedert sind. Hundert Verse nannte Nostradamus eine Centurie. Auf jeder Buchseite der Originalausgabe waren zehn Verse abgedruckt.

Ab 1982 ging ich also davon aus, daß ein mathematischer Einstieg in die Welt des Nostradamus auf Anhieb gelingen könnte. Allerdings war mir klar, daß man hierfür auch über die Besonderheiten seiner Zeit und seiner Weltanschauung unterrichtet sein mußte, ebenso über die Eigentümlichkeiten der brieflichen Kommunikation in seiner Epoche. Die im Text ausgedrückte Frömmigkeit des Verfassers ließ allerdings auch einen linguistischen Einstieg als möglich erscheinen. So oder so lag es für mich auf der Hand, in die Gegend von Saint Remy - dem Geburtsort des Nostradamus - und von Aix en Provence, Avignon, Montpellier und Salon en Provence - den Orten seines Wirkens - zu reisen, um vor Ort nach Antworten auf meine zahlreichen Fragen zu suchen.
Doch plötzlich fand ich mich inmitten einer Welt, auf deren vielfältige historische Prägung ich nicht gefaßt gewesen war:

- René der Gute, Titularkönig von Jerusalem, hatte seinen Sitz in Saint Remy, dem Geburtsort des Nostradamus.
- In Aix en Provence wurde zu Nostradamus' Zeit das „Teppichepos" der Johannes-Offenbarungen in einer Kirche aufbewahrt. Als Hüter dieses Teppichs war der König von Jerusalem auserwählt.
- Wenige Kilometer von Salon en Provence, der Wirkungsstätte des alternden Nostradamus, befand sich das „Grab der Magdalena": Die Krypta der Kirche muß von Insidern ausgeschmückt worden sein, jedenfalls deuten Geheimzeichen, die mir damals schon bekannt waren, darauf hin.
- Neben vielen anderen Gerüchten kursiert im Süden Frankreichs seit Jahrhunderten die Überlieferung, die Familie des Jesus von Nazareth sei seinerzeit auf Lebzeiten in die Region der Rhônemündung verbannt worden. Da Jesus ausdrücklich als Rabbi tituliert wurde, ein Rabbi aber grundsätzlich verheiratet sein mußte, ist es konsequent, Maria Magdalena als seine Ehefrau anzusehen. Im Laufe meiner Recherchen in Südfrankreich stieß

ich immer wieder auf Maria Magdalena, wie in diesem Buch noch ausführlich beschrieben wird.

In Salon en Provence, keine hundert Meter vom Haus des Nostradamus entfernt, befindet sich die Kirche Saint Michel. Sie trägt das Geheimzeichen der Templer, das diese Kirche als Einweihungsstätte ausweist. Das gleiche Zeichen findet sich auch in Florenz und Siena sowie in Malta und Zypern. Schon damals drängte sich mir der Gedanke auf: War Nostradamus ein verkappter Templer?

Dieser Frage widmete ich Mitte der 80er Jahre meine ganze Energie. Doch ab einem gewissen Punkt ging ich dieser Hypothese nicht weiter nach, nachdem ich eine wichtige neue Kenntnis gewonnen hatte: Nicht die Geheimkünste der Templer waren der Schlüssel zu Nostradamus, vielmehr deuteten immer weitere Anhaltspunkte auf die Katharer (ital. *Gazzari* = Ketzer) hin.
Die Unterlagen, die ich während der Templer-Recherchen gesammelt hatte, verschwanden in einer Kiste auf dem Dachboden. Meine „Feldarbeit“ verlagerte sich mehr und mehr in den Raum Montpellier, Bezière, Carcassonne, Toulouse, Agen - die bekanntesten Hochburgen der geheimnisvollen Katharer - und führte mich zwangsläufig in das Tal der Aude bis hinauf nach Rennes-le-Château und dem Nachbarort Rennes-les-Bains. Schon die Lektüre der Berichte über die zwischen 1307 und 1314 verübten Grausamkeiten gegenüber den Rittern des Templerordens war kaum zu verkraften gewesen. Noch mehr Abscheu und Empörung aber riefen in mir die Dokumente hervor, in denen geschildert wurde, wie die Templer ihrerseits, etwa siebzig Jahre vorher, in dem vom Vatikan organisierten Kreuzzug im 13. Jahrhundert gegen die Katharer vorgegangen waren. Minutiös vermerken die Protokolle, welches bedauernswerte Opfer mit welchen Martergeräten gefoltert wurde, wie die Gequälten reagierten und welche Aussagen ihnen endlich abgepreßt wurden. Hatten die Templer nach solchen Exzessen

gegen die Katharer ein besseres Schicksal verdient? Für mich war die Antwort klar: Wer vor solchen Grausamkeiten nicht zurückschreckt, sollte sich nicht wundern, wenn er schließlich selbst der entfesselten Gewalt zum Opfer fällt.
Damit war allerdings die Frage nach den Motiven der jeweiligen Verfolger noch nicht geklärt. Warum war es zweimal innerhalb von achtzig Jahren zu derart blutigen Säuberungen gekommen? Aus welchen Gründen hatten zunächst die Templer die Katharer nahezu vernichtet, um dann ihrerseits vom Vatikan gnadenlos zerschlagen zu werden? Je länger ich recherchierte, desto deutlicher wurde mir, daß die Katharer als Gruppe nicht eindeutig zu bestimmen waren. Immer klarer zeichneten sich jedoch die Umrisse einer geheimen Organisation ab, die in den Pyrenäen seit jeher präsent gewesen zu sein schien.

Verbindet man einige Gerüchte mit einer uns nicht mehr so geläufigen Weltanschauung, dann erscheint es plausibel, daß in dem eng begrenzten Gebiet um Rennes-le-Château insgesamt fünf Schätze versteckt wurden:

1. der römische Staatsschatz, vom Westgoten Alarich nach der Plünderung Roms 410 n.Chr. hierher gebracht,
2. der Schatz der Templer, vor dem Zugriff Philipps des Schönen noch rechtzeitig aus Paris weggeschafft,
3. der Schatz von König Dagobert,
4. der Schatz von Blanche von Kastilien und
5. der Schatz der Katharer.

Traumhafte Aussichten für Schatzsucher – und traumatische Enttäuschungen für dieselben Schatzsucher, wenn sie erkennen müssen, daß diese Schätze nicht angetastet werden dürfen. Die Schatzleger wollten Jesus am Tag seiner angekündigten Wiederkehr zur Errichtung seines Königreichs mit gewaltigen finanziellen Mitteln

ausstatten, um die Prophezeiung im Neuen Testament auch irdisch abzusichern. Daher wird man eines Tages sogar darüber nachdenken müssen, ob nicht Christen der Zeit um 400 n.Chr. hinter der Plünderung des römischen Staatsschatzes durch den Westgotenkönig Alarich steckten.
Warum sollten die Oberen des Templerordens in Frankreich nicht ähnlich gedacht und ihren Beitrag zur Errichtung eines Königreichs Jesu hinterlegt haben? Gleiches gilt für König Dagobert und Blanche von Kastilien, und vielleicht sind künftig noch einige weitere Schatzgeber aufzuführen, wenn eines Tages die Liste der Schatzmeister Jesu bekannt wird.
Aber natürlich wollten diese Spender nicht, daß ein Manfred Dimde oder Sie, lieber Leser oder liebe Leserin, die Juwelen vorzeitig, vor dem Jüngsten Gericht, unter die Gläubigen bringen. Daher wurden besondere Sicherheitsmaßnahmen eingebaut, von denen noch die Rede sein wird.
Allein schon das Ausplaudern der Hintergründe für die Häufung dieser Schätze wird mir keine Freunde unter den Hütern der Geheimnisse in den Pyrenäen einbringen. Aber es gibt ein seit Jahrtausenden ungeschriebenes Gesetz, wonach derjenige, der in ein Geheimnis dieser Art „eingeweiht" wurde, zum Schweigen verpflichtet ist; wer aber das Geheimnis selbst entdeckt, ist an diese Beschränkung nicht gebunden. „Was verdeckt ist, muß zu gegebener Zeit wieder aufgedeckt werden." Ist die Zeit gekommen, öffnet sich der Knoten, meist außerhalb des Kreises derjenigen, die zum Schweigen verpflichtet sind.
In diesem Buch werde ich eine Fülle von Indizien präsentieren, die meine zunächst sicherlich überraschende Hypothese erhärten werden: Es gab und gibt eine Untergrundorganisation von Christen in den Pyrenäen. In früheren Jahrhunderten bediente sie sich der jeweils öffentlich anerkannten Organisationen: zuerst der Katharer, als diese noch öffentlich auftraten, später der Templer, als diese Macht und Einfluß in Spanien und Frankreich gewonnen hatten.

Die Organisation ist bis heute in den Pyrenäen tätig; mittlerweile weiß ich, daß ich seinerzeit, ohne mir dessen bewußt zu sein, sogar einigen Menschen begegnet bin, die ihr angehörten. Ihre Aufgabe: Wie ihre verschwiegenen Vorkämpfer vor ihnen, hüten sie noch immer die kostbarsten Geheimnisse der Christenheit - Geheimnisse, deren Enthüllung der Vatikan des Mittelalters fürchtete, da sie den Glauben an Gott zwar gestärkt, Macht und Glaubwürdigkeit des Vatikans jedoch in Frage gestellt hätten.
Wer also bewacht seit vielen Jahrhunderten die in den Pyrenäen verborgenen Geheimnisse der Christenheit? Es sind nicht etwa Abtrünnige oder Widersacher des Heiligen Vaters, sondern die Freunde des Vatikans!

BIBELGESCHICHTEN, LEGENDEN, GERÜCHTE UND FUNDE VOR ORT

Mit diesem Buch bewegen wir uns in Südfrankreich, grob gesehen in der Region zwischen Nizza und den Pyrenäen. Der Einfluß des römischen Weltreichs ist in der dortigen Architektur noch heute zu erkennen. Römische Theater, nach der Bauart des Kolosseums in Rom errichtet, werden wie seit jeher von Touristen aus aller Welt in Arles, Nîmes oder Orange besichtigt. All die römische Pracht, die sich in Villen, Bädern, Wasserleitungen manifestiert, stammt aber aus einer erheblich jüngeren Epoche: Jahrhunderte nach den vermuteten Ereignissen, die im Mittelpunkt unserer Betrachtungen stehen.

Ungefähr um die Jahre 30–50 unserer Zeitrechnung war das Rhônedelta bis nach Spanien hinein römisches Entwicklungsgebiet. Unliebsame Bürger, die in der Nähe des Machtzentrums Rom nicht geduldet wurden, schickte man dorthin in die „Verbannung", ähnlich wie die Griechen etwa 500 Jahre vorher Italien als Verbannungsstätte verwendet hatten. Damals waren es Leute wie Pythagoras, die durch ihre Lehren, Ansichten und systemverändernden Vorschläge in Griechenland unliebsam aufgefallen und deshalb nach Süditalien verbannt worden waren.

Aus der spärlichen Überlieferung können wir auf Gebräuche schließen, die durchaus mit den rauhen Sitten des viel späteren amerikanischen Wilden Westens vergleichbar sind. „Wildwest" herrschte damals, auf dem Höhepunkt der Macht des römischen

Weltreichs, vor allem in Gallien, insbesondere im Mündungsgebiet der Rhône. Diese im Aufbau befindliche Kolonie wurde unter anderem mit Verbannten aus dem gesamten römischen Einflußgebiet besiedelt.

DER VERBANNTE ERLÖSER

Seit langer Zeit kursieren Spekulationen, nach denen Jesus die Kreuzigung überlebte und nach Indien auswanderte, wo er Jahrzehnte später hochbetagt gestorben sei. Daneben aber hält sich seit Jahrhunderten auch ein ganz anderes Gerücht. Anfangs im Untergrund weitergetragen, seit rund hundert Jahren auch öffentlich diskutiert, geht es um die Frage, ob Jesus aufgrund besonderer Umstände gar nicht gekreuzigt, sondern nur verbannt worden sei.
Es geht mir in diesem Buch nicht darum, das Für und Wider der Gerüchte um den Lebenslauf Jesu zu untersuchen und bis in die letzten Details zu prüfen. Jedoch darf als gesichert gelten, daß es römischer Sitte sehr viel eher entsprochen hätte, einen „Aufrührer" wie Jesus zu verbannen, statt ihn den Kreuzestod sterben zu lassen, der insbesondere Kapitalverbrechern vorbehalten war. Die Römer waren, gerade was religiöse Streitigkeiten betraf, äußerst tolerant, um nicht zu sagen: von zynischer Gleichgültigkeit. Warum hätten sie den jungen Anführer einer scheinbar so unbedeutenden kleinen Sekte hinrichten lassen sollen? Wir haben also gute Gründe, die Hypothese der Verbannung Jesu zumindest nicht vorschnell zurückzuweisen.
Bevorzugt wurden unliebsame Elemente damals in das Rhônedelta und in weiter westlich gelegenen Landstriche verbannt. Und die erwähnten, so hartnäckigen wie detailreichen Gerüchte besagen, daß auch Jesus von Nazareth nicht gekreuzigt, sondern in das Rhônedelta deportiert worden sei.

Wer offiziell verbannt, also durch die römische Gerichtsbarkeit verurteilt wurde, der mußte sich mitsamt seiner ganzen Familie der Deportation fügen. War er dagegen nur inoffiziell verbannt worden, hatte man also hohe römische Beamte bestochen, das Todesurteil nicht zu vollstrecken, dann mußte der Delinquent - so die Gerüchte - dort untertauchen, wo ihn niemand kannte. Falls also Jesus von Nazareth zwar zum Kreuzestod verurteilt worden, der Hinrichtung dann aber durch Bestechung entgangen war, so muß er zunächst allein ins heutige Südfrankreich geflohen sein. In diesem Fall aber - so weiter die örtlichen Gerüchte - wäre ihm seine Familie später ins Rhônegebiet gefolgt.
Seine *Familie*? Sie haben richtig gelesen, liebe Leser: Unser Gerücht beinhaltet auch die ketzerische These, daß Jesus verheiratet gewesen sei. Der Name seiner Liebsten ist jedem Bibelkundigen vertraut, wenn auch normalerweise in keuscherem Kontext: Der christliche Heiland, so die Überlieferung, war nämlich verehelicht mit Maria Magdalena.

DIE GATTIN DES HEILANDS

Was spricht für die auf den ersten Blick haarsträubende Annahme, daß Jesus verheiratet gewesen sei, und zwar mit Maria Magdalena? Im Neuen Testament wird Jesus an vielen Stellen von seinen Jüngern als „Rabbi" angesprochen. Rabbi konnte er aber nach jüdischer Sitte nur sein, wenn er verheiratet war. Und die einzige Frau, die - neben seiner Mutter Maria - im Neuen Testament immer wieder in seiner Umgebung erscheint, ist die besagte Maria Magdalena. Neben Maria wird sie auch nach der Abnahme des Leichnams vom Kreuz als zweite trauernde Frau wie selbstverständlich dargestellt. Warum diese Frau sich so häufig in der Nähe Jesu aufhielt, läßt sich gewiß auch auf andere Weise erklären. Die erwähnten Indizien allein „beweisen“ sicherlich nicht, daß Jesus von Nazareth tatsächlich verheiratet war. Jeder Gläubige mag also das Bild Jesu in seinem Herzen tragen, das er von Kindesbeinen an für sich gemalt hat. Jedoch sollten wir diese Gerüchte und Geschichten um Jesus im Gedächtnis behalten, um die Vorgänge in und um Rennes-le-Château und das vermutete Jesusgrab besser verstehen zu können.

Rätselhafte Pietà: Trauert die Mutter oder die Geliebte?

Im Rhônedelta liegt auch der malerische kleine Ort Beaucaire. In der dortigen Krypta steht der Sarkophag der Maria Magdalena. Die katholischen Bewohner des Ortes sehen darin mehr eine Art Reliquie und beharren nicht unbedingt auf der Möglichkeit, daß hier tatsächlich Maria Magdalena beigesetzt wurde. Dagegen steht aber die Überzeugung der Katharer, auf die ich weiter unten noch zu sprechen komme: Sie sehen in Maria Magdalena eine der ihren, denn sie sei als „Vollkommene“ gestorben.

Mit dieser Überzeugung standen die Katharer höchstwahrscheinlich nicht allein. Oder wie sonst sollen wir verstehen, daß sich der Titularkönig von Jerusalem just gegenüber der Kirche von Beaucaire ein prächtiges Schloß in Form einer (außen schmuck- und fensterlosen, innen desto prächtigeren) Pestburg bauen ließ?

Warum gerade dort, vis à vis des Sarkophags der Maria Magdalena?

Die Überlieferung bietet uns zwei mögliche Erklärungen an. Nach der einen Ansicht war die Gegend um Beaucaire eben der Wohnsitz der Familie von Maria Magdalena, weshalb auch der König von Jerusalem hier eine Residenz errichten ließ. Dagegen vertreten

Abb. 1: Geheimnisvolle Zeichen schmücken die Krypta, in der die Gebeine der Maria Magdalena in Beaucaire aufbewahrt werden.

andere die Meinung, daß sich der Titularkönig die Reliquie nach Beaucaire geholt habe – womit sich aber wiederum die Frage stellt: Warum gerade nach Beaucaire?

Nähern wir uns diesen geheimnisvollen Fragen vorerst auf einem anderen Weg. Wohl jeder von uns hat verschiedentlich schon eine der zahlreichen Darstellungen der Pietà betrachtet – nach kanonischer Lesart der Gottesmutter Maria, die um ihren toten Sohn trauert. Haben Sie sich aber nicht auch schon einmal über die Neigung etlicher Pietà-Künstler gewundert, „Mutter und Sohn" als nahezu gleichaltrige Menschen darzustellen? Gerade bei der Betrachtung der meisterlichen Pietà Michelangelos im Petersdom zu Rom drängt sich der Gedanke auf, daß der Künstler hier durchaus keine Mutter und ihren Sohn, sondern eine junge Frau dargestellt habe, die ihren ebenso jungen Geliebten in Armen hält. Das gilt um so mehr für ein Gemälde, auf das der aufmerksame Betrachter in Rennes-les-Bains stößt (s. Abb. 2). Noch mehrfach werden wir in diesem Buch versuchen, aus einem Bild, das eine bekannte Geschichte aus der Bibel illustriert, eine geheime Botschaft oder einen Hinweis herauszulesen. Beginnen wir mit dem oben abgebildeten Gemälde aus der Kirche des Pfarrers Boudet, von dem nachher noch die Rede sein wird: Scheinbar zeigt das Bild eine traditionelle Pietà – die Gottesmutter Maria, die den vom Kreuz abgenommenen Jesus beweint. Ein Maler namens Paul-Urbain de Fleury hat das Gemälde für die Kirche in Rennes-les-Bains angefertigt. In einer Art Grotte sehen wir Maria und Jesus, zu ihren Füßen die Andeutung einer Dornenkrone, eine Schale und drei Nägel. Die Landschaft weist einen markanten Felsen auf.

Nun hat aber de Fleury offensichtlich ein Bild von van Dyck (1636) kopiert und die Vorlage zugleich verändert. Das Original zeigt Maria, die ihren toten Sohn hält, und Maria Magdalena, welche die linke Hand Jesu küßt, sowie (am rechten Bildrand) noch einen Knabenkopf. Unten erkennen wir auch dort die Dornenkrone, außerdem die runde Schale mit einem Schwamm sowie zwei gekreuzte Nägel, einer davon verbogen zum Zeichen, daß diese Nägel zu dem bekannten Zweck verwendet wurden.

Vergleichen wir die beiden Versionen nun noch etwas genauer:

Van Dyck malte 1636 eine traditionelle Pietà, also den Gekreuzigten nach der Kreuzabnahme, wie im Neuen Testament beschrieben. Der Schwamm mit dem Betäubungsmittel, der verwendet wurde, um den dürstenden Jesus zu quälen, und die verbogenen Nägel sagen aus, was auch die Bibel überliefert: Jesus wurde gekreuzigt.

Dagegen zeigt uns der Maler des Aude-Tals, de Fleury, zwar auch den toten Jesus, aber keinen Schwamm und keine benutzten Nägel. Die Wundmale der Kreuzigung weist allerdings auch die Gestalt auf seinem Gemälde auf.

Weitaus schwerer wiegt jedoch eine weitere Abweichung vom Original: Maria Magdalena – oder die Frauengestalt, die bei van Dyck

Abb. 2: Skizzen von zwei Ansichten der Pietà: Das Gemälde des holländischen Malers van Dyck (Seite 24) hängt heute im Museum der Schönen Künste in Anvers; das Bild von Paul-Urbain de Fleury (Seite 25) schmückt die Kirche in Rennes-les-Bains.

Wer trauert hier um den toten Jesus?
Nach vorherrschender Ansicht ist es Maria, die Mutter Jesu.
Warum aber hat de Fleury die Vorlage van Dycks seitenverkehrt kopiert?
Und weshalb fehlt auf der Kopie eine Frauengestalt?

Abb. 3: Ausschnitt aus dem Gemälde eines unbekannten Malers. Es zeigt die Pietà von de Fleury in einem Berg bei Rennes-les-Bains. Soll damit gesagt werden, daß sich dort das Grab Jesu befindet?

Maria Magdalena darstellen soll - fehlt in der Kopie. Müssen wir aus dieser Veränderung nicht folgern, daß es sich bei der Frau, die Jesus beweint, nicht um die Mutter Maria, sondern um Maria Magdalena handelt, der es als Ehefrau zukommt, den toten Jesus in ihren Armen zu halten?

Woran aber ist Jesus in der Version de Fleurys gestorben? Daß er den Kreuzestod starb, ist laut diesem Gemälde - trotz der vom Original übernommenen Wundmale - mehr als zweifelhaft. Denn die Nägel wirken auf diesem Bild vollkommen unbenutzt! Und was hat es mit der auf beiden Gemälden abgebildeten Schale auf sich? Schon an dieser Stelle sei erwähnt, daß wir sie mit guten Gründen als Darstellung des Heiligen Grals deuten können - eine weitere geheimnisvolle Verbindung, auf die ich im weiteren Verlauf noch zu sprechen komme.

Überlegen wir zunächst noch, wo die von beiden Malern dargestellte Szene spielen mag. In der biblischen Grabhöhle Jesu? Ein weiteres Gemälde, verfertigt von einem unbekannten Maler, zeigt uns die Trauerszene in einem überraschenden Kontext: Abbildung 3 stellt die landschaftliche Situation oberhalb von Rennes-les-Bains dar, etwa dort, wo die Flüsse Blanque und Sals zusammenfließen.

Das Bild zeigt einen geöffneten Berg, darin die Fleury-Darstellung der Pietà. Wie ich weiter unten zeigen werde, handelt es sich hier um denselben Berg, auf den die Gebrüder Boudet hinweisen. Somit liegt uns nun ein weiteres gewichtiges Indiz für die Hypothese vor, daß Jesus seinerzeit in die Pyrenäen floh oder verbracht wurde: Unmißverständlich stellt das Bild eines anonymen Malers die Lage des Grabes Jesu in den Pyrenäen dar.

DER VERBLEIB DER GEBEINE JESU

Es bleibe dahingestellt, ob Jesus – freiwillig oder verbannt – lebendig in die Pyrenäen gelangte oder ob er in Jerusalem starb und beerdigt und sein Leichnam später über Rom nach Rennes-les-Bains verbracht wurde. So oder so spricht sehr vieles für die seit Jahrhunderten insgeheim überlieferte Annahme, daß seine Gebeine in den Pyrenäen bestattet wurden. Diese Vermutung wird überdies gestützt durch die – wie wir sahen – nicht minder wahrscheinliche Hypothese, daß auch die Gebeine der Maria Magdalena, der mutmaßlichen Ehefrau Jesu, in Südfrankreich ruhen. Was liegt näher als die Annahme, daß die beiden an einem gemeinsamen Ort bestattet wurden? Und welcher wackere Christenmensch würde diesem Paar die gemeinsame Ruhe verwehren?
Manch ein kirchentreuer Katholik wird an dieser Stelle allerdings einwenden, daß es nach vatikanischer Lehre auf dieser Erde überhaupt keine Gebeine Jesu geben könne. Tatsächlich hat sich der Heilige Stuhl dieses Problems bereits wenige Jahrhunderte nach Christi Tod entledigt: Seither zählt die Aussage zum katholischen Glaubensbekenntnis, daß Jesus auch *körperlich* in den Himmel aufgestiegen sei. Zwar wehrte sich schon damals eine mächtige Opposition gegen diesen Beschluß, doch die Arianer, die

heftig dagegen aufbegehrten, wurden mit Stumpf und Stiel ausgerottet. Was hat die Kirchenhüter zu diesem Beschluß bewogen? Blieb ihnen keine andere Wahl, nachdem der römische Stellvertreter Jesu, der bis dahin die sterblichen Überreste Christi gehütet hatte, ihrer um 410 n.Chr. verlustig gegangen war? Möglicherweise hatte der Westgote Alarich sie damals nach der Plünderung Roms mit unbekanntem Ziel verschleppt. Heute, 1600 Jahre später, deutet in der Tat vieles darauf hin, daß er die Gebeine Jesu in seinen Cromlech bei Rennes-les-Bains verbracht hatte. (Auf diese Hypothese komme ich im Kapitel „Die Templer und die Kreuzzüge" ausführlich zu sprechen.)

Setzen wir hier also voraus, daß Alarich den römischen Christen ihren – geistlich wie auch materiell – größten Schatz geraubt hatte. Indem aber die römischen Gemeinden die Gebeine des Herrn nicht mehr vorweisen konnten, vermochten sie von da an ihren Anspruch auf die Nachfolge Christi nur mehr mühsam zu untermauern. Immerhin ging es schon damals auch um profane Macht- und heikle Auslegungsfragen, bei denen auch die Anhänger des Jüngers Johannes ein Wörtchen mitreden wollten.

Daher entflammte Anfang des 5. Jahrhunderts eine lebhafte Diskussion um die Frage, ob Jesus als Mensch geboren und als Mensch gestorben sei. Bejahte man diese Frage, so mußte ein Leichnam zurückgeblieben sein, und in diesem Fall mußten die römischen Hierarchen nachweisen, wo sich dieser Leichnam befand. War Jesus dagegen als Mensch geboren, indes als Gott gestorben, so war dieses Problem der Nachweispflicht gelöst. Andererseits verwickelte man sich hier in zahlreiche Glaubensfragen, etwa in das heikle Problem, ob ein Gott körperlich zu leiden vermag. Oder war Jesus gar als Gott geboren und als Gott gestorben? Den vatikanischen Konzilen erwuchs eine Menge Arbeit, möglicherweise ausgehend von dem einen, bald schon durch gelehrte Dispute verdeckten Problem, daß der Leichnam Christi entwendet worden war. Doch immerhin erfüllten diese Debatten den gewünschten Zweck, daß sich nun niemand mehr für den Verbleib der Gebeine Jesu interessierte. Allerdings währte die Ruhe nur wenige Jahrhunderte – dann flammte die brisante Diskussion in einem unvermuteten Winkel Europas abermals auf ...

EIN REICH VON DIESER WELT?

Etwa ab 700 n.Chr. machte in Kirchenkreisen eine Gruppe Menschen aus den Pyrenäen von sich reden. Unversehens wärmten sie die arianische Behauptung wieder auf, daß Jesus durchaus nicht körperlich in den Himmel aufgestiegen sei. Ob sie dieses Wissen den Westgoten verdankten oder ob sie eine zufällige Entdeckung gemacht hatten, läßt sich heute nicht mehr nachvollziehen.
Jedenfalls erzählt man sich bis heute in den Stuben der Katharer, daß etwa um 700 n.Chr. ein Königreich der Juden existiert habe, dessen Hauptstadt just auf dem Hügel des heutigen Rennes-le-Château errichtet worden sei. Als ich von dieser Überlieferung erfuhr, glaubte ich zunächst, daß unter dem „Königreich der Juden" ein Staat nach jüdischem Ritus, also mit Synagogen, Rabbinern und so weiter zu verstehen sei. Durch meine weiteren Recherchen wurde ich jedoch belehrt, daß es sich um ein Königreich christlicher Juden gehandelt haben muß.
Offenbar versuchte man damals ein Staatsgebilde zu schaffen, das auf Gewaltlosigkeit basierte. Aus uralten Dokumenten, die mir ein Schatzsucher in Hamburg zeigte, geht hervor, daß auf dem Hügel von Rennes-le-Château einst eine Kathedrale mit zwei Rundtürmen stand. Dieses Königreich scheint nur siebzig Jahre bestanden zu haben, dann wurde es erobert und das Zentrum (das heutige Rennes-le-Château) dem Erdboden gleichgemacht, so daß heute von diesem Kirchenbauwerk nichts mehr zu sehen ist. Selbst die Geschichte um das Königreich ist restlos aus dem Gedächtnis der Bewohner dieser Gegend getilgt.

Anhand von etwa vierzig Pergamentdokumenten, die bis auf das 11. Jahrhundert zurückreichen, wies mir der erwähnte Schatzsucher überdies nach, daß der runde Brunnen im Garten des Abbé Saunière – des späteren Pfarrers von Rennes-le-Château – einen der beiden zerstörten Rundtürme des „Königreichs Christi" markiert.

Nach den Dokumenten befand sich unter dem zweiten Turm ein Zugang in ein Labyrinth von Gängen unterhalb von Rennes-le-Château. Wenn in den Katakomben, wie er annimmt, der „Schatz" dieses Königreichs verborgen war, so mußte man durch diesen Turm dorthin gelangen.

Wo aber stand einst dieser verschollene zweite Turm? Betrachtet man heute den Lageplan der Anlage, die Pfarrer Saunière entworfen und umgesetzt hat, so könnte er in der Nähe des heutigen Altars seiner Kirche gestanden haben. Die Lage dieser Türme scheint für die Eingeweihten um das Jahr 1000 n.Chr. von sehr großer Bedeutung gewesen zu sein. Das läßt sich aus diesen Pergamenten herauslesen, auch wenn in ihnen das Geheimnis selbst nicht benannt wird.

Es ist jedoch nicht auszuschließen, daß sich seinerzeit die Gebeine Jesu in diesem Bauwerk befanden und man daher, stellvertretend und in Erwartung seiner Wiederkehr, sein Königreich aufzubauen begann. Auch heute, am Ende des zweiten Jahrtausends, leben viele Gläubige in Erwartung der Wiederkunft Christi. Zumindest in dem Landstrich um Rennes-le-Château teilten bereits zweihundert Jahre vor dem Jahr 1000 unzählige Menschen diese Überzeugung.

Doch das Jahr 1000 verstrich, und der Heiland erschien nicht, um die Welt endgültig zu erlösen. So stellte sich die Frage: War die Verheißung im Neuen Testament falsch? Das war aus Sicht der Gläubigen unbedingt auszuschließen. Hatten die Gläubigen in dieser Welt also eine andere Zeitrechnung als die Seelen in der jenseitigen Welt? Diese Frage wurde von etlichen bejaht, was dann mehrere Jahrhunderte später - vor allem in der Renaissance - diverse Berechnungsversuche nach sich zog (übrigens mit dem Ergebnis, daß man nun für 1606 die Wiederkehr des Königs der Christen erwartete).

Überwiegend aber - zumindest stellt sich mir die Geschichte so dar - scheint man zu der Überzeugung gelangt zu sein, Jesus sei nicht gekommen, weil er nicht nach Jerusalem zurückkehren konnte, das sich zu dieser Zeit in der Hand des Islam befand, des „Antichrist" also, wie es damals schon hieß. Das bedeutete: Die Christen waren selbst daran schuld, da sie Jerusalem nicht für Jesu Wiederkehr vorbereitet hatten. Tatsache ist jedenfalls, daß christliche Ritter in jener Zeit zu diskutieren begannen, wie das heilige Land für die Christenheit zurückzuerobern sei. Wen wundert es angesichts solcher möglichen Hintergründe, daß die Idee der Kreuzzüge in dieser Region geboren wurde?

Die Ritterschaft aus dem Süden jedenfalls beschloß, das heilige Land zu befreien, und es war ein Franzose - Ludwig der Fromme -, der nach langem Hin und Her und mit dem Segen des Vatikans eine erste Expedition ausrüstete.

Wen wundert es also, daß ein Ort in der näheren Umgebung des heutigen Jesusgrabs den Namen dieses Kreuzzugpioniers - Saint Louis - trägt? Wen wundert es schließlich, daß einer der fünf Ritter, die den Orden der Templer (angeblich) in Jerusalem gegründet hatten, aus dem Schloß Blanchefort stammte, das den Zugang zu dem Tal bewachte, in dem anscheinend das Grab Jesu liegt? Der Idee des Kreuzzugs könnte, so gesehen, ein noch handfesterer Plan zugrunde gelegen haben: die Gebeine Jesu nach Jerusalem zurückzubringen, eben dort sein Königreich aufzubauen und seine Wiederkehr vorzubereiten.

Heute wissen wir, daß dieser Plan trotz mehrerer Realisierungsversuche - der Kreuzzüge - gescheitert ist. Daraufhin bauten die Ritter des Tempels von Jerusalem einen Tempel in den Pyrenäen, sicherten die Ruhestätte Jesu und hinterlegten alles, was bereits vorbereitet worden war, für eine ferne Zukunft, in der das Projekt möglicherweise doch noch erfolgreich abgeschlossen werden könnte. Wen wundert es nun, daß die Katharer in dieser Region aus ihren Reihen heute noch einen Papst wählen, den sie als rechtmäßigen Nachfolger Jesu ansehen? Intern begründen sie dies damit, daß dieses Amt nur bekleiden dürfe, wer auch die Gebeine Jesu hüte. Nach außen hin schweigen sie und lassen sich, belehrt durch eine Reihe schlechter Erfahrungen, lieber von der übrigen Welt verlachen.

DER GRAL

Was hat es mit dem Gral auf sich? Verbirgt sich dahinter ein Karfunkel, ein Edelstein ungeheuren Ausmaßes, wie ihn Paracelsus in seinem Testament indirekt beschreibt? Handelt es sich um einen Schlüssel zum Grab Jesu, wie man vermuten könnte, wenn man an die Sicherung des Zugangs zur Grabanlage denkt? Oder ist mit dem Wort „Gral“ der Behälter mit den Gebeinen Jesu umschrieben? Könnte nicht auch das Blut im übertragenen Sinn - die Blutsverwandtschaft zwischen Jesus von Nazareth und seinen Nachkommen - gemeint sein?
Die ketzerische Behauptung eines Stammbaums, der bis auf Jesus zurückgehen soll, läßt sich aus Schriften des Mittelalters indirekt herauslesen. Die Geschichte von König Dagobert II. und seinem Sohn Sigebert IV. enthält dunkle Andeutungen zu einem „Serpent rouge“, der Roten Schlange, die sich durch die Zeit windet, was der Spur des Blutes - also der Abstammung - entspricht.

STAMMTEN DIE MEROWINGER DIREKT VON JESUS AB?

Die voranstehenden Seiten dieses Buches enthalten aus der Sicht der alten Kirche soviel Blasphemisches, daß schon deshalb das vorliegende Werk in früheren Jahrhunderten verboten worden wäre. Wie also konnte man in der Vergangenheit Andeutungen schriftlich niederlegen, ohne offensichtlich gegen die Lehre der Kirche zu verstoßen?
Die Methode ist einfach: Man wählt von der Kirche anerkannte Aussagen und erzählt eine Geschichte, in der diese „politisch kor-

rekten" Aussagen im Mittelpunkt stehen. Die kritische Hauptsache wird also bewußt zur Nebensache gemacht. Entsprechend wird in der Erzählung von König Dagobert II. (etwa 650 n.Chr.) ausführlich die neutestamentarische Geschichte von der Wiederkunft Jesu wiedergegeben, indes zu dem einzigen Zweck, insgeheim den Stammbaum der Merowinger zu diskutieren. In dieser Debatte ist König Dagobert II. die zentrale Figur: Nach Ansicht der Autoren wird aus seinem Samen einstmals der künftige König eines neuen Königreichs Jesu hervorgehen.

Abb. 4:
Die Merowingerbiene

Warum wird diese Frage in Frankreich immer wieder diskutiert? Dahinter steht offenbar der Wunsch der Royalisten, einen neuen würdigen König in Frankreich ausrufen zu können. Doch schon im 7. Jahrhundert versuchten Dagobert und die Merowinger, ihre Abkunft auf Jesus zurückzuführen. Durch Konzilsbeschlüsse und durch die Entwicklung in der Kirche wurden sie gezwungen, dieses Familiengeheimnis niemals preiszugeben – zumal ihre ketzerische Behauptung nicht nur die von der Kirche bekämpfte Annahme stützt, daß der Rabbi Jesus verheiratet gewesen sei, sondern überdies impliziert, daß er Nachkommen hinterlassen habe.

In unserem Zusammenhang sind zwei weitere Aspekte der Merowinger-Tradition bemerkenswert:

- Die sogenannte Merowingerbiene (s. Abb. 4) spielt auch bei den Katharern und deren Wahl von Katharerpäpsten eine bedeutende Rolle: Der Ritualmantel des Katharerpapstes soll mit 100 solcher Bienen geschmückt sein; jede dieser Bienen kann

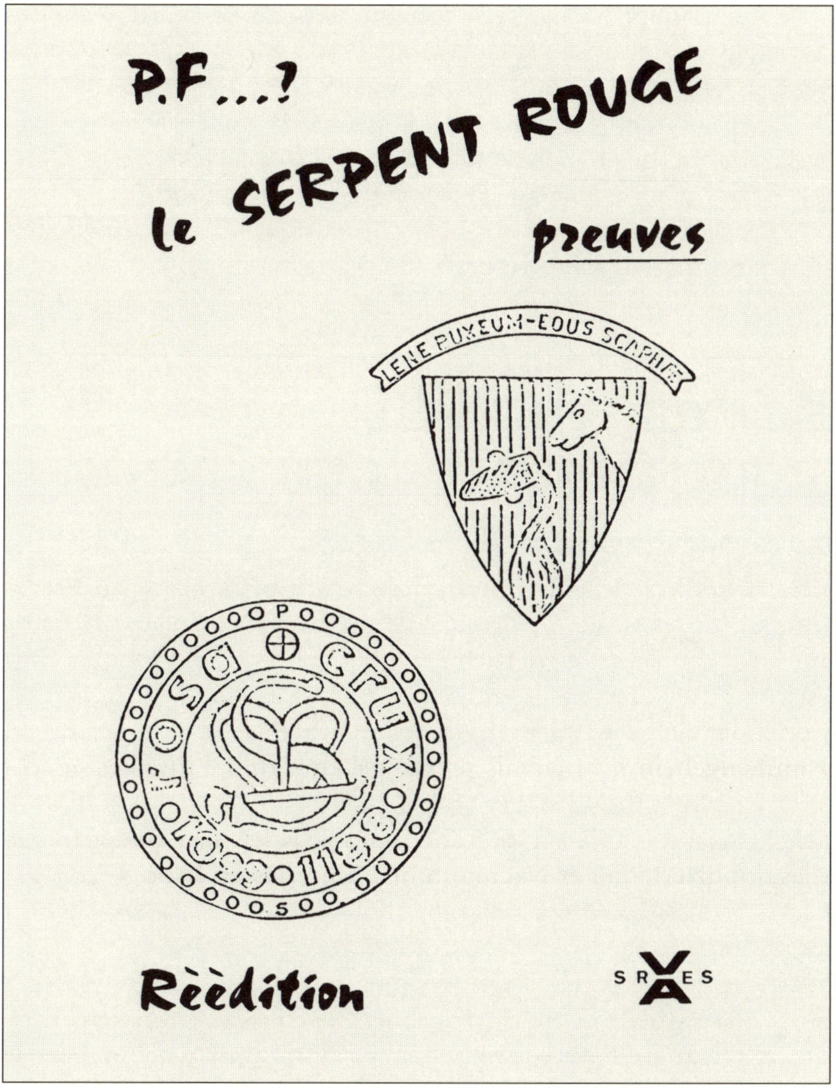

Abb. 5: Die Titelseite einer Ausgabe des „Serpent Rouge" (Symbol der Blutsverwandtschaft), eines Blättchens, das unter dem Tisch gehandelt wird.

man abreißen – sie berechtigen zur Teilnahme an der Wahl des nächsten Papstes.

Der Gral gilt bei den Anhängern der Merowinger-Idee als das Gefäß, in dem das Blut Jesu aufgefangen wurde. Kirchentreue Deutung: In die Schale strömt das Blut des Gekreuzigten; die ketzerische Auslegung dagegen: In den Gral rinnt das Blut als „Serpent rouge“, Symbol der Blutsverwandtschaft zwischen Jesus und den Merowingern.

Ein absichtsvoll verschleiertes Geheimnis

Was also haben wir unter dem geheimnisvollen Gral zu verstehen? Eine Kristallschale, einen Becher, ein heiliges Kultgerät – oder das Symbol für Jesus, seine irdischen Gebeine, die Jesusreliquie? Angespornt von dem begreiflichen Interesse, sich selbst und die unschätzbar wertvolle Reliquie nicht zu gefährden, woben die Eingeweihten viele Geschichten, Märchen und Sagen um den Gral. In diese Verschleierung sind Bischöfe, Priester und Laien wie in eine groß angelegte Verschwörung verwickelt.
Möglicherweise spiegelt sich in der Geschichte um den Gral ein Katharer-Ritual wider, das aus dem vorgeschriebenen Umgang mit den Gebeinen herrührte. Hierzu an dieser Stelle nur einige behutsame Andeutungen:
Jesus wurde von einer Jungfrau geboren. Wenn er aber unbefleckt empfangen wurde, dann dürfen seine Gebeine auch von keinem in Fleischeslust gezeugten Menschen berührt werden. Nun gibt es aber unter uns Lebenden niemanden, der solches von sich behaupten könnte. Zumindest leben jedoch etliche Menschen im Stande einer „Unschuld“, die zwar nicht der Heiligkeit Jesu, aber doch

der Keuschheit Marias nahekommt: als „Jungfrauen“ beiderlei Geschlechts. Tatsächlich durften (bzw. dürfen wohl bis heute) laut einem Ritual der Katharer nur Jungfrauen oder solche Männer, die noch keinen geschlechtlichen Kontakt zu einer Frau hatten, das Vaterunser beten. Leitet sich auch dieser Brauch von den Regeln der Hüter des Grabes Jesu ab?

Neben diesem christianisierten Gral der Katharer existiert allerdings noch ein ganzer Sagen- und Legendenkranz weitaus älterer und außerchristlicher Herkunft. Vielleicht erinnert sich der eine oder andere von Ihnen, lieber Leser, wie er als Junge in die Rolle des außergewöhnlichen Jungritters Parzival geschlüpft ist. Womöglich haben Sie darüber nachgedacht, wie Sie es angestellt hätten, um den Gral wiederzufinden. Oder vielleicht haben Sie, liebe Leserin, sich als Mädchen in der Rolle einer der Jungfrauen gesehen, die den Gral in die Ritterrunde tragen durften? Da Ihnen der Zweikampf als edler Ritter versagt blieb, haben Sie sich vielleicht als „holde Frau“ gesehen, die von der reinen Minne eines ritterlichen Troubadours umworben wurde. Spätestens seit Richard Wagner haben wir Deutschen ein sehr germanisches Bild vom Gral und den Helden seiner Sage. Aber die Muttersprache von Siegfried und allen Helden dieses Epos war mit Sicherheit nicht deutsch, sondern allenfalls keltisch! Minnesänger verbreiteten die Sage von Südfrankreich aus über Europa. Sie zogen von Burg zu Burg und brachten etwas Abwechslung in die langweiligen Abende der edlen Rittersleut'. Es ist überliefert, daß sie überwiegend gut aussahen, so daß das Auge der holden Damen mit Wohlgefallen auf ihnen ruhte. Die von Rechts wegen verbundenen jeweiligen Lebenspartner reagierten wohl schon damals so eifersüchtig wie heute manch einer auf im Eheleben wildernde Playboys. Um die Situation zu entschärfen, erfand man seinerzeit das Ideal der „Reinheit“, und vor allem das dürfte erklären, weshalb sich so viele mittelalterliche Geschichten um edle Frauen und „die reine, unbefleckte Liebe“ besingende Minnesänger ranken.

Nicht nur für die Damen, auch für die Herren Ritter hatten diese Entertainer der Ritterzeit etwas zu bieten. Schließlich waren sie Gäste des Hausherrn und konnten sich daher nicht damit begnügen, nur die Damen mit zartem Gesang zu betören. Also boten sie den Rittern reichlich Heldengeschichten dar, die es den Herren erlaubten, zumindest in Gedanken auf Abenteuerreisen zu gehen. Um Edelfräulein, Knappen, Ritter und deren Hofgefolge auch wirklich in Bann zu ziehen, mußten die wandernden Troubadoure natürlich darauf achten, daß die Schauplätze ihrer Abenteuergeschichten in der Nähe der Länder lagen, die sie gerade bereisten.
Nach den Darbietungen konnte man sich zurückziehen. In den Kemenaten der Burgen träumte jeder vor sich hin und wollte auch seinerseits erleben, was er soeben vernommen hatte: den sagenumwobenen Schatz finden, den Gral sehen oder in einer Ritterrunde voll Helden aufgenommen werden. In Wahrheit spielten sich aber diese Geschichten nicht in Worms oder Speyer ab, und das Nibelungenland lag keineswegs am Rhein. Sichtet man die einschlägige Literatur, so lag der Landstrich, in dem Parzival den Gral fand, wieder verlor und wo er sodann umherirrte, entschieden auf der anderen Seite des Rheins. Genauer gesagt: in den östlichen Pyrenäen.

DER „SPRECHENDE KOPF“

Damit kommt – nach den Katharern – ein weiterer französischer Ritterorden ins Spiel: die Templer. Liest man die Protokolle (um 1307) der Folterungen von Tempelrittern in Frankreich, dann ging es der Inquisition in diesen hochnotpeinlichen Befragungen hauptsächlich darum, zu erfahren, wo der Orden den „sprechenden Kopf“ versteckt habe.
Was für einen sprechenden Kopf? werden sich nun manche meiner Leser erschrocken fragen. Die Templer waren bekanntlich jener

Abb. 6: Bildkarte des Teppichs von Angers. In dem Pavillon steht ein Kelch – ist es der Gral? Und war der Gral jener „sprechende Kopf“ der Katharer?

papsttreue Ritterorden, der den älteren Orden der Katharer auf Befehl des Heiligen Vaters vernichtete, ehe die Templer selbst das nämliche Schicksal ereilte. Diese Templer nun hatten im Jahr 1245, etwa sechzig Jahre vor ihrer Zerschlagung, die Katharerfestung Montségur erstürmt. Angeblich brachten in der Nacht vor dem Fall der Festung vier „Vollkommene" (das ist der höchste Rang eines Katharers unmittelbar vor seinem Tod) heimlich einen Gegenstand aus der Burg. Es war vermutlich der Gral, der „sprechende Kopf", den noch die Inquisitoren der Templer suchten, den aber wohl schon die Katharer in das alte Druidenheiligtum von Rennes-les-Bains – Luftlinie etwa 45 Kilometer von Montségur entfernt – zurückgebracht hatten.

Auch ein gewisser Johannes von Pathmos, gemeinhin als Urheber der Johannes-Offenbarungen angesehen, scheint mit dem Gral gearbeitet zu haben. Diese Annahme drängt sich zumindest dem Betrachter des Teppichepos von Angers auf (s. Abb. 6, S.39).

Das zentrale Thema dieses Kunstwerks ist offensichtlich ein Kelch. Der für den Teppich verantwortliche Hüter aber war der jeweilige Titularkönig von Jerusalem. Wenn wir uns nun vergegenwärtigen, welche wichtige Rolle dieser König der christlichen Juden gerade in der Region von Rennes-le-Château spielt(e), liegt die Folgerung auf der Hand, daß auch diese Verbindung sich schwerlich dem bloßen Zufall verdanken kann.

In der biblischen Überlieferung spielt im übrigen ein weiterer Kopf eine wesentliche – wenn auch grausige – Rolle: Wir alle kennen die makabre Geschichte der Salome, die vor Herodes tanzt und sich den Kopf des Johannes erbittet. Christliche Künstler pflegten das stets so auszulegen, daß diese schlimme Stripperin für einen einzigen Schönheitstanz das Leben eines Menschen gefordert habe. Vielleicht aber verlangte Salome in Wahrheit etwas ganz anderes, das damals schon als „Kopf" bezeichnet wurde? Hat sie ihn tatsächlich von Herodes bekommen – ihn, *den sprechenden Kopf, den Gral*? Wenn ja, war sie eine Insiderin?

DAS TOR ZU GOTT

Aus Wolfram von Eschenbachs *Parzival* wissen wir, daß die Ritter in der Tat mit dem Gral kommunizieren konnten. In der esoterischen Deutung begegnen wir daher heute auch der Vermutung, daß es sich um einen Detektorempfänger handeln könne, mittels dessen man mit einer anderen Dimension zu sprechen vermöge.

Es existiert jedoch auch eine direkte Verbindung zwischen dem Gral und Jesus. Nach dieser Überlieferung sei der Gral die Schale gewesen, in der man das Blut Jesu aufgefangen habe. Nur einen Schritt weiter gehend, kann man sogar spekulieren, daß das Wort „Gral" den Eingeweihten als Umschreibung für Jesus selbst diente! Tatsächlich deutet vieles darauf hin, daß man sich vor weit über tausend Jahren im Kreise der Wissenden darauf geeinigt hat, vom Gral zu sprechen und Jesus zu meinen.

Rückwärts gelesen, ergibt GRAL das Wort LARG (large), also „schwer" oder „breit, groß". Liest man das G als C, was gleichfalls legitim wäre - L'ARC -, so ergibt sich die Bedeutung „das Tor, der Bogen". Jesus aber wird in der Christenwelt als Mittler - als Tor - zu Gott angesehen, weil er uns Menschen von der Sünde befreit, die uns von Gott, von seinem Reich trennt.

Aus der jüdischen Überlieferung kennen wir eine weitere Auslegung: Danach soll der „Gral" einer der Gegenstände aus der Bundeslade sein, den die Israeliten bei ihrem Auszug aus Ägypten mit sich führten. Ja, es wird sogar behauptet, daß der Gral ein Kristall gewesen sei, welcher der Bundeslade überhaupt erst ihre eigentliche Kraft gegeben habe.

DER RUCKSACK JESU

Doch was immer es mit dem Gral auch auf sich haben mag: Wir können davon ausgehen, daß die beiden Geistlichen Boudet und Saunière von ihm wußten. Vermutlich hatten sie ihn mit eigenen Augen gesehen und womöglich sogar ausprobiert.
In der Kirche von Rennes-le-Château jedenfalls hinterließ Saunière ein Fresko (s. Abb. 7), das Jesus während der Bergpredigt zeigt. Auffälligerweise verlangte Saunière von dem Künstler, seinem Gemälde ein anachronistisches und stilbrüchiges Requisit hinzuzufügen: jenen Rucksack, den er selbst bei seinen Wanderungen stets mit sich führte.

Abb. 7: Die Bergpredigt. Dieses Fresko in der Kirche von Rennes-le-Château wurde nach den Anweisungen des Abbé Saunière gestaltet. Die Bildunterschrift lautet: „Kommet her zu mir alle, die ihr mühselig und beladen seid." Ist dies eine Aufforderung, die der Abbé versteckt hinterlassen hat?

Betrachtet man das Gemälde mit dem entsprechenden Hintergrundwissen, so glaubt man aufgrund der Faltenbildung einen „menschlichen Kopf" im Rucksack zu identifizieren.

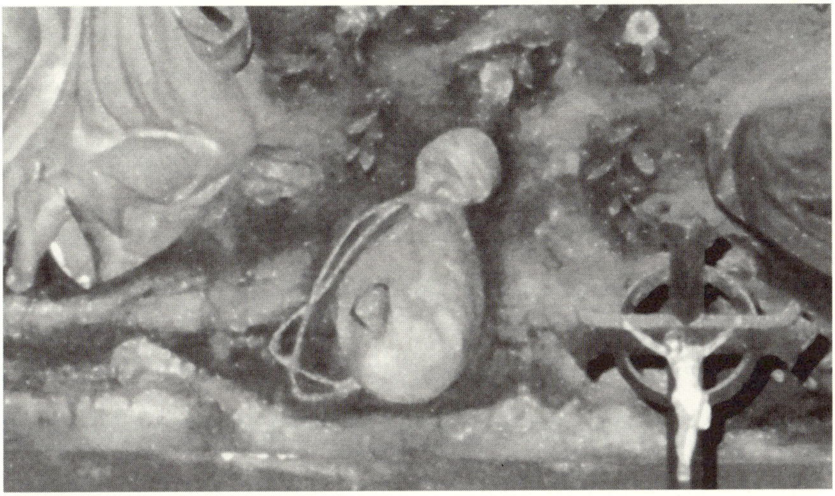

Abb. 8: Detail aus dem Gemälde der Kirche von Rennes-le-Château: Warum hat Saunière seinen mysteriösen Rucksack auf dem Fresko mit abbilden lassen?

DIE KATHARER

Wer das Wort „Katharer" mit „Ketzer" übersetzt, liegt genau richtig, auch wenn die Katharer, die ich darauf ansprach, bei dieser Deutung zusammenzuckten und flugs andere Auslegungen vorschlugen. „Gazzari" (ital. für „Ketzer") dürfte aber der im Mittelalter gängige Sammelbegriff der Kirche für all jene gewesen sein, deren Ansichten sich von den römisch-katholischen Dogmen entfernt hatten.
Das betraf nicht allein jene Überzeugungen, die sich mit der kirchlichen Lehre in keinem Punkt mehr berührten. So schwelte beispielsweise jahrhundertelang innerhalb der Kirche ein Konflikt um die Frage, ob Johannes, der Lieblingsjünger Jesu, oder Petrus der legitime Vertreter Christi auf Erden sei.
Die Spuren dieses Streits erkennt man heute noch im unvollendet gebliebenen Dom zu Siena in der Toskana. Dort hätte er gestanden, wenn er vollendet worden wäre - der Johanniterdom, größer und schöner als der Petersdom. Diese Ketzerei konnte jedoch in letzter Minute verhindert werden: Die Initiatoren des Baus verzichteten auf die Vollendung und ersparten somit der heiligen Kirche weiteres Blutvergießen.
Unter dem Sammelbegriff „Katharer" wurden all jene zusammengefaßt, die etwa der Johannesidee, der geheimen Apokalypse der Bogomilen oder den Ideen der kleinasiatischen, christlichen Erstgemeinden anhingen. Als Katharer bezeichnete man aber auch jene Ritter, die das Glück gehabt hatten, einen Kreuzzug zu überleben.
Den Johannitern zuzurechnende Katharer lebten in Oberitalien, im Süden Frankreichs und in Spanien. Padua galt als ein Zentrum der Katharer in Italien; Marseille war die Hochburg der Katharer-Bankiers, und Montpellier sowie das Hinterland Carcassonne bis hin zu den Pyrenäen wurden als Zentrum der Bogomilen angesehen.

Als Katharer galten indes auch jene, die in den Hochtälern der Pyrenäen ein brisantes Geheimnis zu hüten hatten.

AUFSTIEG UND FALL DER KATHARER

Die Fülle der Fakten und Vermutungen, die während gut neunhundert Jahren von mittelalterlichen Chronisten, Theologen und Inquisitoren ebenso wie von den Historikern unserer Tage über die Katharer zusammengetragen wurden, können wir an dieser Stelle nur kurz streifen.

Die ersten schriftlichen Berichte über Ketzer im Abendland stammen aus dem Jahr 1022. Anscheinend begann die Kirche zu jener Zeit, nachdem sie sich von dem Schock erholt hatte, daß Jesus zu seinem 1000. Geburtstag nicht wiedergekommen war, nach den Schuldigen zu suchen.

Rudolf der Kahle bezeichnete die Ketzer nach 1037 „als Vorboten des Antichrist“. Diese Ansicht schrieb sich nun durch die Jahrhunderte fort. Man konnte sie bequem auf jeden anwenden, der es wagte, eine eigene Meinung öffentlich kundzutun.

Bernhard von Clairvaux, ein Sohn der Pyrenäen, setzte sich 1147 selbst an die Spitze der Ankläger und richtete in seinen Predigten zweimal das Wort gegen die neuen Ketzer. Knapp hundert Jahre später war dann für die Katharer alles vorbei: Papst Clemens rief zu einem Kreuzzug gegen den Orden auf, und alle die armen, sündigen Ritter kamen, um sich entweder von Todsünden reinzuwaschen oder zu einem Vermögen zu gelangen.

Solche Aussichten, einem Ablaßbrief ähnlich, waren mit der Teilnahme an einem Kreuzzug verbunden. Der Zulauf der Ritterschaft war auch deshalb so groß, weil ein Kreuzzug in die Pyrenäen weniger langwierig und weniger gefährlich war als eine Expedition in das heilige Land. Das Morden begann mit der Abschlachtung von Tausenden von Zivilisten, die sich in die Kirche von Bezière geflüchtet hatten. Bevor die Tötungsmaschinerie der Ritter in Gang kam, fragte man den örtlichen Vertreter des Kirche: „Wie sollen wir erkennen, wer in der Kirche Ketzer und wer wahrer Christ sei?" Noch heute wird die Anwort zitiert: „Tötet sie alle - Gott wird die Seinigen schon erkennen." Ob dieses Zitat wahr ist oder nicht, keiner kann es heute beurteilen.

Fest steht jedoch, daß die Grausamkeiten einen weiteren Höhepunkt erreichten, als die besagte ketzerische Ritterschaft von Carcassonne sich unter der Bedingung ergab, daß ihr Leben verschont bleibe. Sie wurden nicht getötet, das stimmt, dafür aber bei lebendigem Leib eingemauert. Sowohl an den Händen der organisierten Ritter, der Templer, als auch an den nicht organisierten wilden Haufen klebte viel Katharerblut. Die Tötungen waren aber von vornherein von der Kirche absolutiert, also machte man sich keine Sorgen, zumal die Plünderer ja auch noch alles behalten durften, was bei der Erstürmung der Burgen und Höhlenbehausungen in ihre Hände fiel.

Zum Jahreswechsel 1243/44 nahm der Kreuzzug indes eine eigenartige Wende. Unter Führung der Templer stieß man in die Hochtäler der Pyrenäen vor, obwohl es dort keinerlei Vermögen zu plündern gab. Den Teilnehmern des Kreuzzugs wurde aber weisgemacht, daß es nun um den eigentlichen „Schatz der Katharer" gehe. Vor dem Ansturm der Ritter des Papstes zogen sich die letzten Katharer auf die Festung Montségur zurück, wo sie nun von den Templern und den wilden Haufen belagert wurden.

Die Festung war einerseits kaum einzunehmen, andererseits hätten sich die Katharer nur befristet dort zu halten vermocht, da ihre Nahrungsvorräte zu schwinden drohten. Also kam es zu Verhandlungen zwischen Templern und Katharern, und man einigte sich - so zumindest die offizielle Version -, daß die Katharer noch das

Osterfest feiern durften und sich dann kampflos ergeben würden. Genauso kam es: Die Katharer feierten den Karfreitag und ergaben sich in den ersten Osterstunden kampflos. Doch als das Kreuzzugsheer die Festung betrat, fand sich weit und breit nichts, was einem Schatz auch nur ähnlich sah. Bis heute aber hält sich in diesem Landstrich hartnäckig jenes Gerücht, das ich oben bereits angedeutet habe: Vier Katharer sollen sich in der Nacht vor der Kapitulation heimlich an der Burgmauer abgeseilt haben und in der Dunkelheit verschwunden sein.

Seltsam allerdings, daß diese vier Männer an den blutrünstigen Rittern des Kreuzzugsheers unbemerkt vorbeikommen konnten. Hatten die Templer ein Geheimabkommen mit den Katharern getroffen? Hatten die vier „Vollkommenen“ den Führern der Templer etwas „Geheimnisvolles“ übergeben – just jenen unermeßlich kostbaren „Schatz“, der die Templer veranlaßt hatte, sich an dem Kreuzzug zu beteiligen? War es der Gral, was immer man darunter zu verstehen hat – eine Schale aus Kristall oder ein Schädel aus heiligem Gebein? Eine Vermutung, die gleich die nächste Frage nach sich zieht: Ging demnach das Wissen um das Grab Jesu von den Katharern auf die Templer über?

DIE TEMPLER – ERBEN DER KATHARER VON MONTSÉGUR?

Zwei geschichtliche Entwicklungen sprechen für diese Hypothese: In der Zeit nach 1250 erschienen im Gebiet von Rennes-les-Bains zahlreiche Tempelritter; es gab dort eine Kommandantur der spanischen sowie eine der französischen Sektion der Templer. Eines Tages tauchten überdies Bergleute in dem Tal auf. Sie sprachen eine fremde Sprache, die von den Einheimischen nicht verstanden

wurde. Jeden Tag wurden sie mit verbundenen Augen an einen geheimen Ort gebracht, wo sie arbeiten mußten. Nach einem Jahr waren sie schließlich wieder verschwunden, und niemand wußte, woher sie gekommen, niemand, wohin sie gegangen waren.
Seit mehr und mehr aus dem Tal der Blanque und der Sals durchsickert, bemühen sich auch die Schatzsucher vor Ort, diesem Geheimnis auf die Spur zu kommen. Vermutlich werden jedoch viele von ihnen auf eine falsche Spur geführt. Denn dort gibt es zwar ein altes, stillgelegtes Bergwerk am Mont Cadou; wie Sie, liebe Leser, jedoch erfahren werden, liegt dort keineswegs das Jesusgrab ...
Möglicherweise sind die Skeptiker unter meinen Lesern nicht bereit, allein aufgrund dieser Legenden anzunehmen, daß die Templer nach der Niederwerfung der Montségur-Katharer in den Besitz von etwas Kostbarem gekommen seien, das sie fortan professionell schützten. Vielleicht aber kann ich Sie durch eine weitere historische Tatsache nachdenklich stimmen, auf die ich hier im Vorübergehen verweise:
Schon als Junge von 15 Jahren hielt sich der spätere König Philipp der Schöne mit seinem Vater häufig in der Region um Rennes-le-Château auf. Gerieten ihm bereits damals Gerüchte um den Gral beziehungsweise um das Jesusgrab zu Ohren, oder konnte er gar als künftiger König die Reliquie in Augenschein nehmen? Später jedenfalls, als er an die Macht kam, geriet er mit den Templern in Streit und ging als jener König in die Geschichte ein, der die Vernichtung der Templer befahl und diesen Greueln selbst auf geheimnisvolle Weise erlag.
Eine mehr als mysteriöse Koinzidenz: Verbrannten im Jahr 1245 unter der Aufsicht der Templer rund 200 Katharer am Berghang des Montségur, so erlitten die Templer selbst siebzig Jahre darauf das gleiche Schicksal: Sie wurden der Häresie beschuldigt, gefoltert, verboten und auf dem Scheiterhaufen verbrannt.
Aus welchem Grund? Ich kenne Leute, die systematisch jedes Papier untersucht haben, um Hinweise auf ein Schatzversteck der Temp-

ler zu finden. Niemand ist bisher fündig geworden, zumindest ist mir nichts davon bekannt. Es muß aber etwas gegeben haben, das den französischen König veranlaßte, die Templer auszuschalten. Für die meisten Historiker war sein Tun von nackter Geldgier geprägt. Es gibt jedoch auch Stimmen, die seinen Vater, ihn und seine Nachfolger mehr als kühl kalkulierende Politiker sehen, die, gestützt auf die christliche Weltanschauung, Frankreich zur Weltherrschaft aufsteigen lassen wollten.

Könnte es nicht sein, daß Philipp der Schöne mit Hilfe der französischen Templer in den Besitz der Reliquien Jesu zu gelangen versuchte? Sicher ging es ihm auch um das damit verbundene Vermögen, das im Pyrenäengrab Jesu als Startkapital für die Gründung des Königreichs Christi deponiert worden war. Der Besitz der heiligen Gebeine jedoch hätte Frankreich die Vorherrschaft über Rom gesichert – und den Papst womöglich veranlaßt, seinen Sitz auf Dauer nach Frankreich zu verlegen, wie es im 14. Jahrhundert immerhin vorübergehend geschah.

Tatsache ist jedenfalls, daß der König die Templer monatelang durch Verhöre und Verhandlungen zur Herausgabe des Schatzes zu zwingen versuchte – ergebnislos. War dies auch das Todesurteil für Philipp den Schönen? Zumindest lassen sich die letzten Worte des französischen Templergroßmeisters Jacobus von Molay kaum anders verstehen: Doppelsinnig bestellte er den König „innerhalb eines halben Jahres zu einer Konferenz“! Da er selbst ja innerhalb der folgenden Stunde tot sein würde, konnte diese „Konferenz“ mit Philipp dem Schönen nur im Jenseits stattfinden. Der König jedenfalls kam, wie wir aus dem Geschichtsunterricht wissen, nicht unpünktlich zu dieser Besprechung.

Was aber geschah anschließend mit dem Schatz der Templer, nachdem weder die französischen Templer noch Philipp der Schöne dieses blutige Ringen überlebten? Der Bevölkerung um Rennes-les-Bains fiel auf, daß noch nach der Zerschlagung der französischen Templer in ihrer Region ständig fünf Tempelritter stationiert waren. Niemand wußte, warum sie überhaupt da waren und was sie taten. Man sagt, daß es sich nach 1314 um spanische Ritter gehandelt haben soll. All das ist sehr merkwürdig, denn was suchten spanische Ritter auf französischem Boden? Natürlich gibt es auch hierfür unverfängliche Erklärungen: Da dieser Landstrich auch vom spanischen König beansprucht worden sei, hätten sich die Souveräne darauf geeinigt, daß sowohl französische als auch spanische Templer sich dort aufhalten durften. Tatsache ist jedoch, daß diese Regelung es den spanischen Rittern erlaubte, nahtlos die Rolle ihrer französischen Brüder zu übernehmen. Fiel also, nachdem deren französische Sektion verboten worden war, den spanischen Templern das Amt der Hüter des Jesusgrabes zu?

DIE TEMPLER UND DIE KREUZZÜGE

Betrachten wir den berühmten Orden der Tempelritter *(Fratres militiae templi)* nun etwas genauer. Hugo des Payens (gest. 1136) gründete ihn 1119 in Jerusalem als Rittergemeinschaft, deren Angehörige die Mönchsgelübde - Keuschheit, Armut, Gehorsam - ablegen und sich überdies zum Schutz der Pilger verpflichten mußten. Der Name leitet sich ab vom Sitz der Templer im Palast des Königs von Jerusalem, nahe dem Tempel Salomo.

Die Bestätigung des Templerordens durch Papst Innocenz II. (1130-43) im Jahr 1139 und die Bestätigung der erweiterten Konstitutionen durch Clemens II. (1187- 91) im Jahr 1188 markieren den steilen Aufstieg der Templer zu schwindelerregender Höhe und Macht. Nach dem Fall von Akko und dem Verlust des Heiligen Landes übersiedelte der Orden 1291 von Jerusalem nach Zypern. Nur wenige Jahre später setzte der dramatische Niedergang des ein Jahrhundert lang so mächtigen Ritterordens ein: Die Kampagne Philipps IV., des Schönen (1285-1314), endete mit der brutalen Vernichtung der Templer in Frankreich.

1307 wurden 2000 Tempelritter verhaftet; ihr Ordensvermögen wurde eingezogen; die Inquisition erhob Anklage wegen Häresie und folterte viele von ihnen buchstäblich zu Tode.

Fünf Jahre darauf hob Papst Clemens V. (1305-14) auf dem Konzil von Vienne (1311/12) unter dem Druck Philipps den Templerorden auf. Die Begründung lautete, die Rittergemeinschaft sei „unnütz und der Häresie schuldig". Der letzte Großmeister des Templerordens, Jacobus von Molay, starb - wie gesagt - 1314 in Paris auf dem Scheiterhaufen der Inquisition.

DIE GEHEIMEN HINTERGRÜNDE DER KREUZZÜGE

Manche Leser werden überrascht sein, wenn ich behaupte, daß wir unsere Ansichten über den eigentlichen Sinn und Zweck der Kreuzzüge möglicherweise gründlich korrigieren müssen. Die Historiker gehen davon aus, daß die Ritter auszogen, um das Heilige Land zu befreien. Andere mutmaßen sogar, daß Gottfried von Bouillon danach strebte, König von Jerusalem zu werden, um auf diese Weise seinen Einfluß auf die Ritterschaft zu verstärken.

Wie aber vereinbart sich diese Annahme mit der Tatsache, daß er, endlich im Heiligen Land eingetroffen, an einer Krönung zum König von Jerusalem auf einmal nicht mehr interessiert war? Hartnäckigen Gerüchten zufolge wurde er schon in den Pyrenäen zum König von Jerusalem gekrönt, weshalb gar nicht die Möglichkeit bestand, ihn in Jerusalem noch einmal zu salben.

Was aber wollte Gottfried von Bouillon sonst dort beginnen, nachdem Jerusalem aus den Händen der Heiden befreit war? Insider der Geschichte um den heiligen Gral haben auf diese Frage eine so verblüffende wie plausible Antwort parat: Er wollte überhaupt nichts aus Jerusalem wegholen oder gar rauben; vielmehr wollte er etwas zurückbringen!

An dieser Stelle sollten wir uns vergegenwärtigen, daß in jener Zeit nicht wenige Christenmenschen alles Menschenmögliche unternommen haben, um das Neue Testament im Sinne des Wortes zu verwirklichen. Eine der bedeutendsten Verheißungen des Evangeliums handelt von der Wiederkehr Jesu, der hienieden ein Königreich errichten werde. Wie erwähnt, begann eine Gruppe tief überzeugter Christen schon um 700 n.Chr., in den Pyrenäen ein christlich-jüdisches Königreich aufzubauen – der Versuch einer realen Utopie, die indes an der verordneten Gewaltlosigkeit zerbrach. Vermutlich glaubten die Gründer, daß Jesus sein Königreich schon schützen werde - mit der bedauerlichen Folge, daß niemand imstande war, dieses Königreich mit Waffen zu verteidigen, so daß der Kleinstaat bald schon wieder unterging.

Sowohl professioneller als auch heimlicher arbeiteten jedoch auch die Wissenden an dieser Idee und gaben sie von Generation zu Generation weiter. Bekanntlich erwartete man die Wiederkehr Jesu für das Jahr 1000. Als der Messias jedoch ausblieb, könnte man bei der Suche nach Ursachen und Schuldigen auf folgende (hier spekulativ rekonstruierte) Idee verfallen sein:

Warum war Jesus zu seinem 1000. Geburtstag nicht wiedergekommen? Weil man falsch gerechnet hatte? Das war möglich. Weil man Jesus verärgert, weil man sich seinen Wünschen und Geboten widersetzt hatte? Das war nicht nur gleichfalls möglich, sondern ein so beunruhigender Gedanke, daß die Gläubigen alles darangesetzt haben müssen, um ihre mögliche Verfehlung zu ergründen.

Eine Antwort lag - wie bereits erwähnt - auf der Hand: Die Wiederkehr Jesu verzögerte sich, weil die Heilige Stadt Jerusalem zur Jahrtausendwende in der Hand von Nichtchristen war.

Wie sehr solche Gedanken die Bewahrer des Christentums damals beeinflußten, läßt sich heute nicht mit Gewißheit sagen. Tatsache jedenfalls ist, daß die Idee zum ersten Kreuzzug aus den Pyrenäen stammte und daß es ein französischer Monarch war, Ludwig der Fromme, der sich an die Spitze dieses Ritterheers Christi setzte. Auch die Frage, ob der Monarch vor der Küste Algiers vergiftet wurde oder an verseuchtem Trinkwasser starb, können wir aus heutiger Sicht nicht mehr entscheiden. Für die Mordtheorie allerdings spricht die hier erörterte Möglichkeit, daß Ludwig der Fromme das Heilige Land zurückerobern wollte, um die Gebeine Jesu nach Jerusalem zurückzubringen.

DIE TEMPLER IM HEILIGEN LAND

Eine der wichtigsten Aufgaben der Templer bestand darin, die christlichen Pilger und die Kreuzritter zu schützen. Mit ihrer Hilfe wurden auch Lösegelder ins Heilige Land transferiert, um von den Mohammedanern festgesetzte Christen zu befreien. In diesen Jahren machte der Orden ein großes Vermögen, zumal der Transfer angeblich auch umgekehrt funktionierte: Man munkelt, daß die Templer von den Daheimgebliebenen oft große Summen erhielten, wenn sie dafür sorgten, daß der eine oder andere Kreuzritter in Gefangenschaft blieb und verstarb.

Doch mit dem Verlust des Heiligen Landes (Fall der Festung Akko) verloren die Templer ihre eigentliche Macht. Nicht wenige, die bis dahin unter der Geldgier des Ordens gelitten hatten, lechzten nun nach Rache. Als die Templer nach Europa zurückkehrten, schlug ihnen folglich ein recht rauher Wind entgegen.

Zur selben Zeit begann in Frankreich unter der Regentschaft Philipp IV. die Verleumdungskampagne gegen die französischen Tempelritter. Der Orden wurde zerschlagen, und es begann das Rätselraten um seinen Schatz. War er tatsächlich in Paris eingelagert gewesen? Hatte Molay, der letzte Großmeister der Templer, ihn unmittelbar vor seiner Verhaftung mit Booten auf der Seine, dann mit Karren an einen unbekannten Ort verbringen lassen?

Heute wissen wir, daß alle diese zeitgenössischen Vermutungen in die Irre führten: Der Schatz wurde niemals entdeckt. Denn er hatte sich niemals in Paris befunden, sondern war seit jeher in den Pyrenäen versteckt.

Was aber wäre für einen braven Christenmenschen der größte Schatz? Die authentischen Gebeine Jesu! Nicht anders als einst die Katharer, verteidigten auch die Templer diesen für sie unermeßlich wertvollen Schatz mit ihrem Leben.

EIN SCHATZ FÜR DAS NEUE KÖNIGREICH JESU

Kehren wir noch einmal zurück zur Geschichte vom unermeßlichen Schatz der Nibelungen, der in einen Fluß geschüttet oder vergraben wurde. Wo kam dieser Schatz eigentlich her? Und warum wurde er ausgerechnet in der Nähe des Grabes Jesu deponiert?

Bekanntlich kann man Schätze nur aufhäufen, indem man anderen Menschen oder ganzen Völkern entsprechende Vermögenswerte wegnimmt. Wo läßt sich ein Schatz des in den Sagen geschilderten Umfangs historisch lokalisieren? Sicherlich nicht im Norden Europas, wo außer ein bißchen Met, Bernstein und ein wenig Eisen kaum etwas zu holen war. Letztlich haben die Historiker in der europäischen Geschichte der letzten 2000 Jahre nur einige wenige Schätze identifiziert, die ihrem Umfang nach als reale Vorbilder des legendären Nibelungenschatzes in Frage kommen.

Da wäre zunächst der unermeßlich große Schatz der Templer. Doch diese Ordensritter lebten nach den Troubadouren, also können die Minneritter ihren Schatz nicht gemeint haben, als sie den gleißenden Nibelungenschatz besangen. Lange vorher aber geriet, wie erwähnt, auch der Westgotenkönig Alarich der Große nachweislich in den Besitz eines Schatzes von märchenhaftem Umfang. Und tatsächlich befand sich sein Hauptquartier in den östlichen Pyrenäen.

Anfang des 5. Jahrhunderts fielen die Westgoten in Italien ein und belagerten Rom. Am 24. August 410, nach dem Fall Roms, plünderten Alarichs Horden die Stadt. Rom bestand zu diesem Zeitpunkt schon über eintausend Jahre.

In den zurückliegenden 500 Jahren war es durch Eroberungen nach und nach zum Zentrum der Welt geworden. Alle unterjochten Völker wurden tributpflichtig – das war die eine Quelle des römischen Reichtums.

Bemerkenswert ist auch ein Nebeneffekt der Eroberungszüge: der Reichtum der Tempel von Rom. Die Römer pflegten die Sitte, die aus den Tempeln fremder Götter geraubten Schätze nicht einzuschmelzen oder anderweitig zu zerstören; vielmehr brachten sie die Tempelschätze aller unterworfenen Völker im Triumphzug nach Rom und übergaben sie den Vestalinnen zu Verwahrung. Zu diesem Akt der Toleranz mag sie teils die Angst vor göttlicher Rache, teils auch das zynische Kalkül bewogen haben, daß sich die unterworfenen Völker mit ihrem Schicksal leichter abfänden, wenn der Sieger zumindest ihren Göttern einen Ehrenplatz am römischen Himmel einräumte.
Auf diese Weise häuften sich jedenfalls allein in den Tempeln Roms unermeßliche Schätze an, die unter anderem aus Griechenland, Persien, Ägypten und Karthago stammten. Als nun die Westgoten unter Alarich in Rom einfielen, beobachtete ein zeitgenössischer Historiker namens Prokop von Caesarea ihr wüstes Treiben. Prokop, den vor allem das Schicksal des jüdischen Tempelschatzes Salomons beschäftigte, stellte voll Bekümmerung fest, daß Alarich

Abb. 9: Ein typischer keltischer Karren mit klobigen Massivholzrädern. Mit 160 solcher Gespanne sollen die Westgoten den unermeßlich großen Staatsschatz Roms abtransportiert haben.

und seine Westgoten bei der siebentägigen Plünderung schier alles an sich rafften, was gülden zu glänzen schien. Der Abtransport des erbeuteten „römischen Goldes“ bereitete den Westgoten jedoch erhebliche Probleme. Sie beluden 160 ihrer schweren, klobigen, von zwei Pferden gezogenen Wagen - ein gigantischer, schwerfälliger Konvoi, der sich laut Prokop schließlich in Richtung Ravenna auf den Weg machte. Etliche Indizien deuten daraufhin, daß sich die Kolonne an der Mittelmeerküste entlang auf das Westgotenheiligtum in den Ostpyrenäen zu bewegte.

Nun dürfen wir voraussetzen, daß eine solche rumpelnde Karawane im 5. Jahrhundert n.Chr. beträchtliches Aufsehen erregte. Langsam und ächzend rollten die Wagen an der Küste entlang, eine leichte Beute für andere hungrige Banden insbesondere aus dem Norden Europas. Dieses Problem scheint auch den Westgoten relativ rasch bewußt geworden zu sein: Etwa in der Höhe des heutigen Genua griffen sie anscheinend zu einem Kniff. Um allfällige Schatzräuber in die Irre zu führen, stellten sie eine zweite Wagenkolonne zusammen, die auf eine nördlichere Weststrecke geschickt und des Scheins halber aufwendig bewacht und gesichert wurde. Mit dieser Finte lenkten sie die Aufmerksamkeit von dem gefährdeten Wagenkonvoi auf die Attrappen, der ihnen gleichsam als Schutzschild vor den aus dem Norden erwarteten, schnell reitenden Horden diente. Tatsächlich gelangten die Westgoten auf diese Weise ohne ernstere Zwischenfälle bis in ein Flußtal nördlich von Carcassonne. Dort allerdings lagen die Franken, die von dem geglückten Raubzug gegen Rom gehört hatten, in einem Hinterhalt und stellten den Konvoi. Ihre Absicht war unmißverständlich: Sie wollten den Westgoten den römischen Staatsschatz abjagen. Unglücklicherweise wußten sie jedoch nicht, daß sie an den leeren Attrappenkonvoi geraten waren. Die mit den Schätzen beladenen Fahrzeuge dürften zu diesem Zeitpunkt bereits durch das Aude-Tal gerumpelt sein, südlich von Caracassonne mit Kurs auf die westgotische Gebirgsfestung bei Rennes-les-Bains.

Wie uns die Historiker berichten, lagerten nun am Nordufer des Flusses die angriffslustigen Franken, am Südufer, ihnen gegenüber, die Westgoten mit dem vermeintlichen Schatztransport. Beide Seiten ergingen sich in taktischen Manövern, wobei die Westgoten allerdings keinerlei Anstalten machten, die Franken anzugreifen. Vermutlich versuchten sie Zeit zu gewinnen, bis der Schatztransport sicher im keltischen Cromlech eingetroffen war.
Nach einigen Tagen wechselseitigen Belauerns provozierten die Westgoten plötzlich ein Gefecht, wahrscheinlich ein Scheingefecht, bei dem sie zur Verblüffung der Franken jeden Siegeswillen vermissen ließen. Ebenso unvermittelt zogen sie sich schließlich zurück.
Als die vermeintlichen Sieger das westgotische Lager stürmten, fanden sie unter anderem 160 keltische Transportkarren. Doch diese Wagen waren allesamt leer.
Nun begann bei den Franken das große Rätselraten: Wo war der Schatz geblieben? Möglicherweise hatten die Goten die vermeintliche Lösung bereits in Form eines Gerüchtes lanciert: „Wir haben den Schatz letzte Nacht in den Fluß geworfen."
Tatsächlich suchten die Franken tagelang den Fluß ab, doch sie fanden nur Kieselsteine und Schlamm. Schließlich zogen sie wieder ab, denn der keltische Cromlech war uneinnehmbar für sie. Was übrig blieb, war die Sage von einem unermeßlichen Schatz, der in einen Fluß gekippt worden war.
Die fränkischen Heerführer aber hatten nun zwei Probleme. Erstens: Selbst wenn sie die Finte der Westgoten inzwischen bemerkt hatten, wußten sie dennoch nicht, wo genau der Schatz versteckt war. Zweitens: Für die fränkischen Fürsten war es ausgesprochen unrühmlich, von Alarich und seinen Leuten überlistet worden zu sein. Um das Gesicht zu wahren, blieb ihnen also keine andere Wahl, als sich die Mär vom im Fluß versenkten Schatz zu eigen zu machen – einem Schatz, der in Wahrheit erst bei den Westgoten verblieben und später in die Hände der christlichen Ritterorden geraten war.

Was kann den Westgoten in Rom während der siebentägigen Plünderung alles in die Hände gefallen sein?

- Gold und Silber in Form von Schmuck, Gebrauchsgegenständen und Tempelgeräten, unter anderem die Tempelgerätschaften Salomo aus dem Tempel von Jerusalem,
- Perlen und Edelsteine jeglicher Art,
- mysteriöse Gegenstände aus den Tempeln Mesopotamiens, Ägyptens, aus Karthago und Griechenland, möglicherweise auch die Bundeslade der Juden,
- Buchrollen, Schriftrollen oder sonstige Aufzeichnungen aus den Tempeln,
- Reliquien unter anderem von Menschen, die zu Göttern erklärt worden waren und im römischen Reich verehrt wurden,
- Gebeine von Menschen, sofern sie verehrt wurden, darunter auch Gebeine der Heiligen der Christenheit.

Zu diesen könnten zählen:

- Gebeine der Apostel, sofern sie in Rom gestorben oder in einer christlichen Kirche im Mittelmeerraum aufbewahrt worden waren,
- Gebeine Jesu, sofern sie in einer christlichen Kirche in Rom verwahrt worden waren,
- Gebeine der Angehörigen der Familie Jesu.

Was spricht für die Möglichkeit, daß die Bundeslade der Juden und deren Kultgeräte aus dem Tempel von Jerusalem in die Pyrenäen verbracht wurden? Im Alten Testament heißt es, daß sich der Mittelpunkt des Königreichs der Juden dort befinde, wo die Bundeslade abgestellt worden sei. Und wie oben erwähnt, soll sich laut Überlieferung um 715 im Raum Rennes-le-Château ein „Königreich der Juden“ zur höchsten Blüte entwickelt haben. Auch von jüdischer

Seite könnten daher Impulse für den ersten Kreuzzug ausgegangen sein, der ja nachweislich in der Pyrenäenregion erstmals geplant wurde. Hatten diese militärischen Operationen zur Befreiung des Heiligen Landes vielleicht überdies den Zweck, neben den Gebeinen von Jesus und Magdalena auch die Kultgeräte der Juden, einschließlich der Bundeslade, nach Jerusalem zurückzubringen und dort zu sichern?

DIE ERBEN DER TEMPLER

Es gibt sehr viele Spekulationen, was nach der Zerschlagung des Ordens aus den Templern geworden ist. Sicher ist eines: Die in die Geheimnisse der Organisation eingeweihten Mitglieder gingen rechtzeitig in den Untergrund oder verließen Frankreich. In den folgenden zwei Jahrhunderten blieb es merkwürdig still um den Orden.

Im Jahr 1614 wurde in Deutschland eine Art Gründungsprotokoll veröffentlicht. Es war eine „Vereinbarung" derjenigen, die sich von da an „Rosen+Kreuzer" nannten. Nicht wenige sehen in den Rosenkreuzern die Nachfolger der Templer. Liest man sich in die Literatur der Rosenkreuzer ein, so fällt indes auf, daß hier christliche Mystik im Mittelpunkt steht. Das aber war nicht die Weltanschauung der Templer, bei der es um handfeste Dinge ging.

Möglicherweise leiteten die Rosenkreuzer, auf die ich unten noch näher zu sprechen komme, ihren Namen von dem mysteriösen Werk „Die chymische Hochzeit Christiani Rosencreutz Anno1459" (Straßburg 1616) ab, das auf den württembergischen Prälaten Johann Valentin Andreae (1586-1654) zurückgeht. Nach Ansicht von Insidern müssen zumindest diejenigen, die das Buch 1459 herausgaben, mit den Hütern des Jesusgrabs in den Pyrenäen in Verbindung gestanden haben: Nach der Methode der Templer gelesen, enthält der Name „Christiani Rosencreutz" einen Hinweis auf einen

Teil des römischen Staatsschatzes, der in den deutschsprachigen Raum verbracht wurde, genauer gesagt: in die Nähe von Füssen im Allgäu. Maximilian I., Kaiser von Österreich, um 1500 lebend, kannte das Versteck und besuchte es häufig, allerdings heimlich, indem er vorgab, dort Jagdausflüge zu unternehmen. Einmal wäre er bei seinem Soloausflug beinahe tödlich verunglückt, als er das schwer zugängliche Versteck zu erreichen versuchte. Ein Jagdgehilfe, so ist überliefert, rettete ihm das Leben.

Inspiriert von dem Wissen um dieses Geheimnis, verspürte er eines Tages das Bedürfnis, ein Vermächtnis besonderer Art zu hinterlassen. Er fing an ein Buch zu diktieren, dessen Titel „Der Weißkönig" wir heute mit „Der Weisheitskönig" oder „Der König der Weisheit" übersetzen würden. Bei diesem Buch kam es jedoch nicht auf den Inhalt an, sondern auf gewisse Überschriften und Stiche, also Bilder, in denen verschlüsselte Botschaften enthalten sind. Von diesem Werk ließ der Kaiser lediglich zehn Exemplare anfertigen, die er nach seinem Tod unter seinen zehn besten Freunden verteilen ließ. Leider müßten wir über sämtliche Exemplare verfügen, um das geheime Vermächtnis Maximilians I. dechiffrieren zu können. Doch da die meisten dieser Bücher verschollen sind, muß die Botschaft des Monarchen vorerst unentschlüsselt bleiben.

Immerhin können wir aber begründete Vermutungen über das Geheimnis anstellen, das Maximilian I. mit sich herumtrug, jedoch nicht mit ins Grab nahm. Hier kommt ein Mann ins Spiel, dessen Beteiligung an den Kabalen um das Jesusgrab manchen überraschen wird: Paracelsus, der berühmte Arzt, der 1541, kurz vor seinem Tod, einem Notar ein mysteriöses Testament diktierte.

DAS GEHEIMNIS DES PARACELSUS

Bekannt ist Bombastus Theophratus von Hohenheim, genannt Paracelsus, bis heute als Wanderdoktor und Naturheilkundiger, der aufgrund seines ruppigen Charakters stets Ärger mit seinen erlauchten Patienten bekam: Nachdem er sie kuriert hatte und sie wieder gesund und wohlauf waren, verwehrten sie ihm mit schöner Regelmäßigkeit seinen Lohn. Tatsächlich führte er kein üppiges, angenehmes Leben, sondern mußte sich die meiste Zeit eher schlecht als recht durchschlagen. Sehr viel weniger bekannt ist indes, daß Paracelsus ungeachtet der – auf den ersten Blick – gewaltigen gesellschaftlichen Kluft der Testamentsverwalter Maximilians gewesen zu sein scheint.
Paracelsus muß eine Art Doppelleben geführt haben, von dessen dunkler Seite wir wenig oder gar nichts wüßten, gäbe es nicht sein merkwürdiges Testament. Dieses nämlich beweist, daß er in irgendeinem Zusammenhang mit Kaiser Maximilian I. von Österreich zu sehen ist und demnach ein weiteres Glied in der Kette der Insider um das Pyrenäengeheimnis darstellt. Lassen Sie sich auf den nächsten Seiten überraschen.
Es mag zunächst wenig glaubwürdig klingen, aber es sieht alles danach aus, daß Paracelsus zumindest den letzten, geheimen Willen des Kaisers Maximilian I. hütete. Ob dieser Wille sich auf eine Organisation bezog, die sich Templer oder Rosenkreuzer oder „vom goldenen Vlies“ nannte, ist von geringem Belang.
Die Geschichte seines letzten Lebenstages ist rasch erzählt: Paracelsus hielt sich in Salzburg auf, wo er nachts zu einer sterbenden Frau gerufen wurde. Die Bitte ist dringlich, und so macht er sich auf den Weg, ohne seinen Diener Klaus mitzunehmen. Zwei Stunden später findet sein Knecht, der inzwischen unruhig geworden war, den schwerverletzten Herrn: Blutüberströmt und regungslos liegt Para-

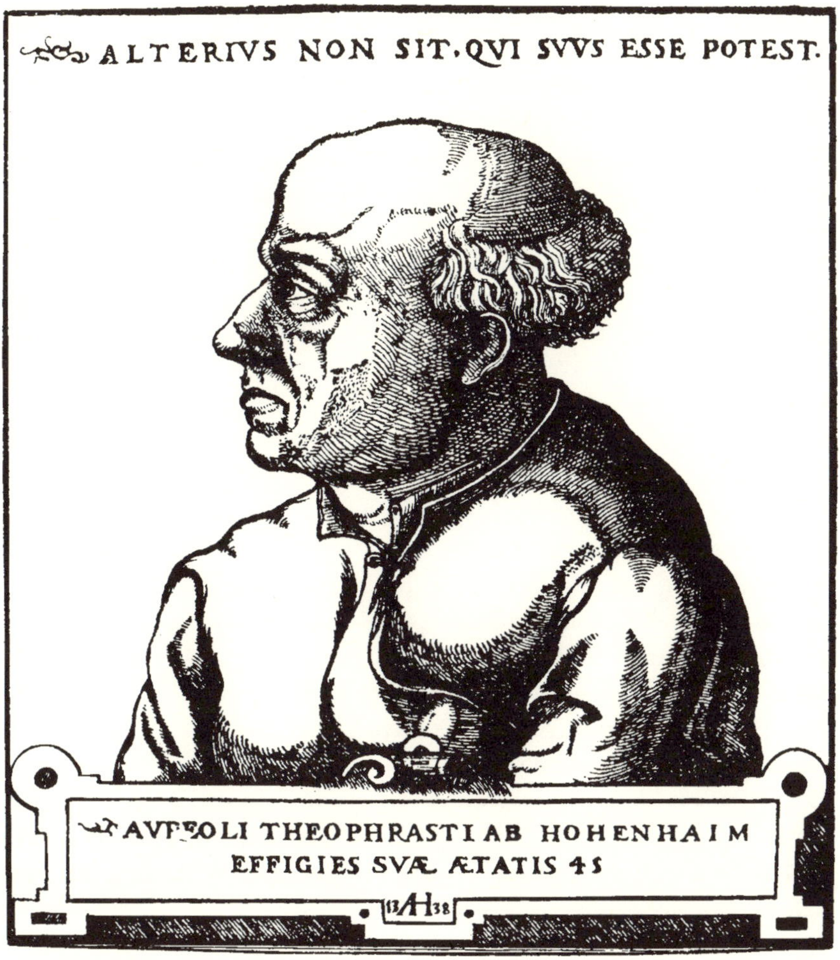

Abb. 10: Bombastus Theophratus von Hohenheim, genannt Paracelsus.

celsus mit zertrümmertem Schädel auf dem nassen, kalten Straßenpflaster Salzburgs. Der Sterbende wird in sein Quartier gebracht. Dort kommt er wieder zu sich und verlangt nach einem Notar, dem er ein auf den zweiten Blick doch recht merkwürdiges Testament diktiert.

Paracelsus starb am 24. September 1541. Aber man ließ ihm auch in seinem Grab noch keine Ruhe: 1572 grub man seine Gebeine zum ersten Mal aus. Niemand weiß bis heute so recht, wonach die Akteure suchten. Doch immerhin können wir aus der Tatsache, daß Paracelsus einem Notar sein Testament diktierte, den Schluß ziehen, daß kein Eingeweihter an seinem Totenbett gestanden hatte. Hieraus nun können wir folgern, daß er ein Geheimnis oder einen Gegenstand hätte weitergeben müssen, wozu es zunächst nicht gekommen war – weshalb man dieses Versäumnis post mortem nachholte.

Nach diesem geheimen Gegenstand also müssen jene, die seine erste Exhumierung veranlaßten, gesucht haben. Aber bei dieser ersten Störung seiner letzten Ruhe ist es nicht geblieben: Sein Leichnam wurde noch mehrfach ausgegraben, und im Lauf der Zeit entwickelte sich eine labyrinthische Debatte etwa um die Frage, ob ihm jene Schädelverletzungen zu Lebzeiten oder erst durch die Exhumierungen zugefügt worden seien.

Kehren wir zurück in das Sterbezimmer des Mannes, den alle unter dem Namen Paracelsus kennen. Seine Hinterlassenschaft ist so gering, daß sich der herbeigerufene Notar und die Zeugen am Sterbebett wundern, warum er überhaupt testieren will. Nachdem er seine Habseligkeiten verteilt hat, diktiert er dem Notar:

> „Sie werden mich nicht einmal in meinem Grab in Ruhe lassen, sondern wieder ausgraben und gegen Morgen legen.“

Wußte Paracelsus also, daß „sie“, die „anderen“, kommen würden, um nach seinem Geheimnis zu suchen? Falls es sich jedoch um ein

Geheimnis handelt, das nur mündlich weitergegeben wurde, so müssen wir folgern, daß mit Paracelsus zumindest für den deutschsprachigen Raum das Wissen um die Geheimnisse von Füssen und Rennes-les-Bains verlorengegangen ist. Auch die zahlreichen Exhumierungen deuten darauf hin, daß die Eingeweihten vergeblich nach seinem Geheimnis suchten.

> „Ich sage es euch – drei große Schätze liegen verborgen, einer bei Meiden in Friaul, einer zwischen Schwaben und Bayern; den Ort verrate ich nicht, um Streit und Blutvergießen zu verhindern. Der dritte befindet sich zwischen Spanien und Frankreich. Wer sie findet, wird durch sie zu unvorstellbarem Ruhm und Ansehen gelangen."

Dies ist der eigentliche Kernpunkt, der Grund, warum uns das Testament des Paracelsus im Zusammenhang mit Rennes-le-Château und Rennes-les-Bains interessiert: Diese beiden Orte liegen in etwa zwischen Frankreich und Spanien.

> „Bei dem Schatz zwischen Schwaben und Bayern wird man überaus kundige Kunstbücher finden, außerdem Edelsteine und auch einen Karfunkel. Hier das Alter jener Leute, welche die Schätze finden werden:
> Der erste ist zweiunddreißig Jahre alt, der zweite fünfzig, der dritte achtundzwanzig. Gefunden werden die Schätze bald nach dem Abdanken des letzten österreichischen Kaisers."

Paracelsus muß sehr gut Bescheid gewußt haben. Er beschreibt den Schatz bei Füssen mit folgenden Worten:

> „Übrigens – der Schatz, der zwischen Bayern und Schwaben gefunden wird, besteht aus einer Barschaft, die größer ist als die von zwölf Königreichen, außerdem aus einem Karfunkel so groß wie ein Ei. Kein Kaiser könnte ihn bezahlen."

Und nun geht Paracelsus nochmals auf den Schatz von Rennes-les-Bains ein:

> „Der zwischen Frankreich und Spanien verborgene Schatz ist ebenfalls sehr groß, aber kleiner wie dieser. Er wird dann gefunden werden, wenn der erwähnte Löwe von Mitternacht her seinen Lauf vollführt, um des Adlers Klauen stumpf zu machen. Erst dann wird allenthalben Friede und Einigkeit herrschen.
> Zuvor aber wird es Zeichen geben. Vorherlaufende Boten werden die Ankunft des Herrn ankündigen."

Mir geht es in diesem Buch nicht darum, die wirklichen Geheimnisse des Paracelsus zu lüften, sondern um das Grab in den Pyrenäen. Konzentrieren wir uns daher auf diejenige Botschaft des Paracelsus, die uns in unserem Zusammenhang interessiert. Der Testierende wählt Worte, die - damals, als sie ausgesprochen werden - unverfänglich klingen, in der Sache aber nicht deutlicher gewählt sein konnten: Es geht um die Wiederkehr Jesu.

> „Wenn das alles soweit ist, wird man auch erkennen, was ich, Theophrastus, gewesen bin."

Wieso gebraucht Paracelsus das Wort „Theophrastus"? Dechiffrieren wir das Wort einmal nach Templermanier:

T H E
P O
H
A R
S T U
S

Thestu = Gefäß, Schüssel, Deckel
P = p oder b, wird auch mit „2" übersetzt
Hora = Stunde (nach römischer Zeiteinteilung)

Paracelsus sagt hier also (in Kombination mit dem Inhalt seiner Passage im Testament), daß er in der zweiten Stunde des Tages oder

der Nacht, demnach etwa von 8 bis 10 Uhr früh oder 2 bis 4 Uhr nachts, der Hüter des „Gefäßes" gewesen sei – womit wohl nichts anderes als der Gral gemeint ist.

„Zum Schatz zwischen Bayern und Schwaben gehört nämlich meine höchst geheime Kunst."

Paracelsus lenkt sofort von Jesus ab, indem er die Aufmerksamkeit des Lesers seines letzten Willens durch den Schatz bei Füssen ködert. Wer kümmert sich schon um Jesus in den Pyrenäen, wenn er vor der Haustür den größten Karfunkel der Welt finden kann?

„Derjenige, der nach Gottes Wille und Ratschluß die rechte Tür zu diesem Schatz aufschließen darf, der wird einen Karfunkel und andere Edelsteine finden. Sie liegen in einer Truhe verschlossen, die von Menschenhand geschaffen ist und selbst aus lauter Gold und Edelsteinen besteht. Der Schlüssel dazu liegt obenauf. Die Truhe steht in einem goldenen Sarg, der goldene Sarg in einem silbernen, der silberne in einem aus Zinn.
Gott der allmächtige Gott wird den, der diesen Schatz findet, in allem Glück und Sieg mit seiner göttlichen Macht stärken und ihm Gewalt verleihen, alles Böse klein zu halten und das Gute zu erschließen."

Halten wir fest:

- Das Geheimnis um Paracelsus ist bis heute nicht gelöst.
- Der geheimnisvolle Schatz von Füssen ist noch nicht entdeckt.
- Paracelsus hatte irgend etwas mit den Geheimnissen der Templer zu tun.
- Er muß vom Grab Jesu in den Pyrenäen gewußt haben. Wurde er deshalb ermordet?
- Und schließlich: Alles deutet darauf hin, das Paracelsus der Großmeister der im Untergrund agierenden Templer war. Damit war er Maximilian I. gesellschaftlich ebenbürtig!

DIE ROSENKREUZER

Waren die Rosenkreuzer die Erben der Templer? Was wußten sie von dem Geheimnis um das Grab Jesu?
Siebzig Jahre nach dem Tod des Paracelsus erscheint in deutscher Sprache ein mysteriöser Text, eben jene „Chymische Hochzeit", die ich oben erwähnt habe.
Einleitungsformel:

> „Aus Gott sind wir geboren, in Jesus sterben wir, durch den Geist werden wir wiedergeboren."

Dem schließt sich folgender Bericht an:

> „Den minutum mundum[1] fanden wir in einem anderen Altärlein verwahrt, gewiß schöner als ihn ein verständiger Mensch sich vorstellen könnte. So haben wir zum Schluß
> die Platten wieder darübergelegt,
> den Altar daraufgestellt,
> die Türe wieder verschlossen und mit
> unserer aller Siegel gesichert.
> Wir gingen wieder auseinander und überließen den natürlichen Erben den Besitz unserer Kleinodien.
> Die Fama ist in fünf Sprachen verbreitet, samt der lateinischen Confessio. Wo ein Herz falsch oder nur auf Geld aus ist, der wird zwar uns nicht Schaden bringen, sich aber in das höchste und äußerste Verderben stürzen. Es soll auch unser Gebäude, selbst wenn es hunderttausend Menschen von nah gesehen hätten, der gottlosen Welt unzugänglich, unzerstört, unbeabsichtigt und gar wohl verborgen bleiben."

Auch dieser Text scheint auf den heiligen Ort in den Pyrenäen anzuspielen. Tatsächlich werden wir sehen, daß sich die Puzzleteile gut einfügen lassen. Der Text selbst gibt allerdings einige Rätsel auf, zumal der Autor, wie so oft bei derart geheimnisvollen Dokumenten, nicht eindeutig zu identifizieren ist. Es fungiert zwar ein wackerer Schwabe namens Andreae als Herausgeber, doch das Manuskript ist deutlich älter als die Druckfassung. Die „Chymische Hochzeit“ war laut Geheimrat Willi Schröter schon 1602 in Handschriften verbreitet. Andreae müßte also diesen komplexen Text schon als Knabe von 16 Jahren verfaßt und später erst zum Druck gegeben haben, was ganz ausgeschlossen ist.

Zur Geschichte des Helden Rosencreutz ist in unserem Zusammenhang folgendes zu sagen: 1459 wurde A. Christian Rosencreutz (1378-1484) zum „Ritter des Güldin-Steins (lat. „Eques Aurei Lapidis“) ernannt. Wir wissen nicht, wer sich hinter diesem Namen verbirgt, nur soviel, daß er der deutschsprachige Bruder der Templer gewesen sein muß, die vom Geheimnis in den Pyrenäen wußten. Rosencreutz muß sogar derjenige gewesen sein, der das Versteck bei Füssen, auf der Nordseite der Alpen, eingerichtet hat, irgendwann zwischen 1398 und 1480 und möglicherweise mit Billigung des Habsburgers Ferdinand I., des Vaters von Maximilian I.[2]

Was wird in der oben zitierten Passage aus der „Chymischen Hochzeit“ beschrieben? Abermals ein Raum, eine Bibliothek, eine Art mechanisches Spiel und so weiter! Bereits die Katharer besaßen einen mysteriösen Weihegegenstand, den sie „Mani“ nannten, und praktizierten eine damit verknüpfte Weihehandlung, die „Mani-Sola“, über die nichts Zuverlässiges an den Tag gekommen ist. Allerdings, und das sollte uns wieder elektrisieren – diese „Mani“ soll ein vom Himmel gefallener Stern, ein ungewöhnlicher Edelstein, eine Gralsschale gewesen sein.

TEMPLERDOKUMENTE

Nicht alles, was wie ein Grabstein aussieht, ist auch als Grabstein gedacht. Und nicht alles, was als Grabstein genutzt wird, ist auch tatsächlich ein Grabstein. Die Templer nämlich pflegten ihre wichtigsten Botschaften, in Stein gemeißelt, unauffällig unter Auffälliges zu mischen. Ein gutes Beispiel hierfür ist die Kennzeichnung der Kirchen, die ihnen als geheime Treffpunkte oder als Einweihungstempel dienten. Meist am Hauptportal brachten sie das Zeichen eines Lammes an, das eine Fahne mit Kreuzsymbol hielt.

Seit die Templer 1314 in den Untergrund gegangen sind, ranken sich gerade um ihre Einweihungsorte mysteriöse Sagen, und ein Raunen geht im Volk um, wenn das geheimnisvolle Wort „Templer“ auch nur ausgesprochen wird. Seit eh und je kann man Untergrundorganisationen für „alles“ verantwortlich machen und sie zum Drahtzieher für alles Unerklärliche stempeln. Das war vor allem im 14. und 15. Jahrhundert üblich, denn gerade in dieser Zeit des Umbruchs, der Entdeckung der Neuen Welt, fing man an, sich in Geheimbünden zu organisieren, wie es auch die Ritter seinerzeit getan hatten, um sich gegenseitig zu helfen und die eigenen Interessen besser zu schützen.

Galten also die Templer im Volk noch als „Ritterbund“, so suchten die immer wohlhabender werdenden Handwerkerschichten in ihre Fußstapfen zu treten und gründeten Kreise, zu denen nur Gleichgesinnte und Gleichrangige Zutritt erhielten. In diesen entstanden, wie zu allen Zeiten, allmählich innere Zirkel, in denen man miteinander kommunizieren wollte, ohne daß jedes Mitglied davon erfuhr. Und so griff man zu geheimen Zeichen und Schreibweisen und war zufrieden, sich von den anderen abgeschottet zu haben.

Doch irgendwann beginnt in jeder dieser Geheimorganisationen der Gärungsprozeß, und im Zuge dieses Umbruchs, der Inflation der Geheimnisse, droht der völlige Zusammenbruch und Untergang der Organisation. Das ist die Geburtsstunde der Vermächtnisse an die Nachwelt, die künftigen Generationen oder diejenigen, die eines Tages die Organisation wiederbeleben wollen. Für diese Helden in der Zukunft denkt man sich nun Testamente aus, die man auf Pergament, in Bau- oder Kunstwerken oder auf Grabsteinen hinterläßt. Die Botschaften an die künftigen Eingeweihten müssen kurz sein, denn es steht nicht viel Platz zur Verfügung. Sie müssen also das Wesentliche enthalten, zumindest muß dieses Wesentliche aus den hinterlassenen Kürzeln entwickelt werden können.

In der guten alten Zeit der Rittersleut' standen Pergament, Holz und Stein als Materialien zur Verfügung, auf denen man schriftliche Botschaften hinterlassen konnte, außerdem Kunstgegenstände wie Ringe und Broschen sowie Gemälde oder Teppiche. In der Renaissance bevorzugte man Stein - und zwar meist Grabsteine oder Platten in Kirchen, da Steine an solchen Orten meist längere Zeit überdauerten - sowie Bücher, die sich vielfach verbreiten ließen, und Gemälde, weil diese Kunstwerke meist sorgfältig erhalten wurden.

Die Templer also verwendeten mit Vorliebe - neben Altären und Kirchengemäuer - Grabsteine als Träger für geheime Botschaften. Pergamente dagegen benutzten sie für das Tagesgeschäft. Hunderttausende solcher Templerdokumente wurden Mitte der 80er Jahre unseres Jahrhunderts aus einem zentralen Archiv in Paris auf die Provinzen verteilt, und zwar nach einem gut durchdachten System: Die Dokumente wurden gelesen, verfilmt und von Experten nach Inhalten geordnet. Alle Originale, die sich auf eine Ortschaft, eine Provinz oder eine bestimmte Familie bezogen, erhielt die jeweilige Kommune im Original zur Aufbewahrung.

Mitte der 80er Jahre wurde ich Zeuge einer Ausstellung, welche die Stadt Saint-Gilles im Rhône-Delta veranstaltete. Auch aufgrund meiner eigenen Recherchen kann ich heute sagen: In den Templerdokumenten auf Pergament, welche die Jahrhunderte überdauert haben und uns heute noch zugänglich sind, finden sich lediglich

Texte, die sich auf Geld, Handel, Kredite, Privilegien beziehen oder auf die Aus- und Einzahlung von Werten, die für den Transfer nach dem Orient bestimmt waren oder von dort kamen. Daher macht es wenig Sinn, die Geheimnisse im Tal der Aude und im Raum Rennes-le-Château und Rennes-les-Bains mit Hilfe der Schriftrollen der Templer entschlüsseln zu wollen. Die Aufzeichnungen zu diesen Geheimnissen stammen alle aus einer Zeit, in der die Templer bereits in den Untergrund gehen mußten. Als Medium für ihre Botschaften und geheimen Vermächtnisse verwendeten sie daher Ortsnamen, Kirchen, Altäre, Burgen, Wegsteine und schließlich Grabsteine. Im folgenden Abschnitt wollen wir versuchen, gemeinsam das in einem steinernen Templerdokument hinterlassene Geheimnis zu lüften.

DER GRABSTEIN DER MARIE DE NÉGRI

Als Geheimnisträger ihrer Zeit verstanden sich die Templer ausgezeichnet auf die Kunst der Kombination von Zeichen zwecks verschlüsselter Mitteilung von Botschaften an künftige Leser. In Schriften der Templer finden wir in verschlüsselten und doppelsinnigen Texten

- Buchstaben als Kürzel,
- mit Zeichnungen kombinierte Kürzel,
- zusätzlich gegenständliche Darstellungen.

Ein hervorragendes Beispiel für eine solche Technik – zwar nicht aus der Zeit der Templer, aber von einem der natürlichen Erben – ist der Grabstein einer Adeligen, den wir auf der folgenden Abbildung sehen:

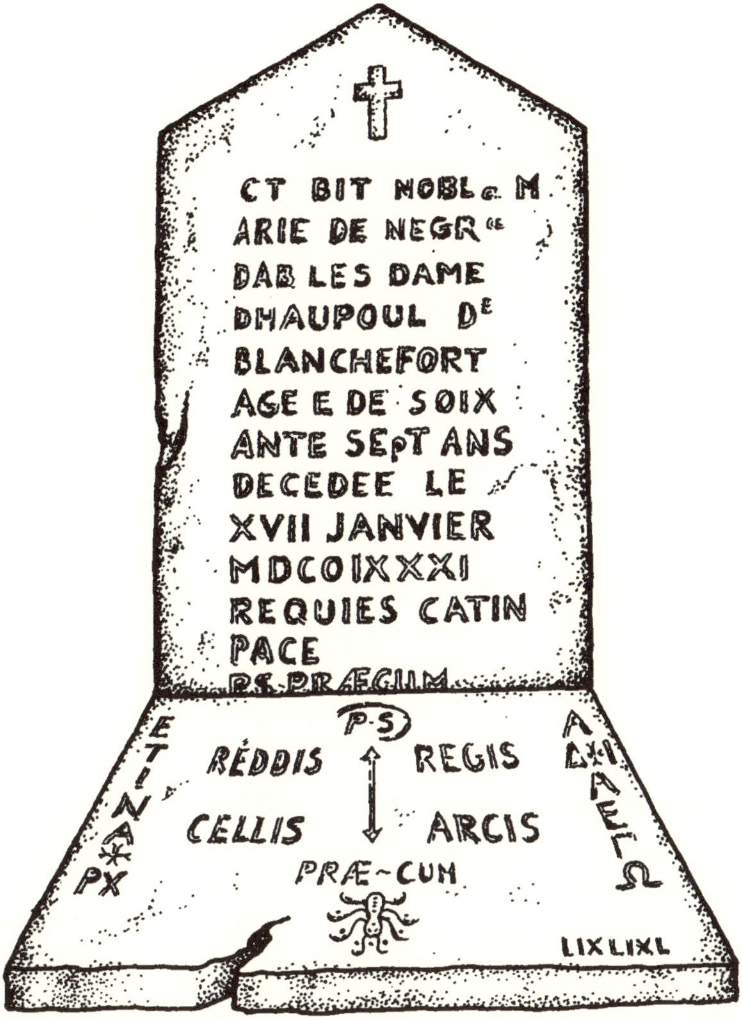

Abb. 11: So wurde der Grabstein der Marie de Négri d'Ables auf dem Friedhof von Rennes-le-Château in einer Zeichnung überliefert, der 1906 von Abbé Saunière zerstört wurde.

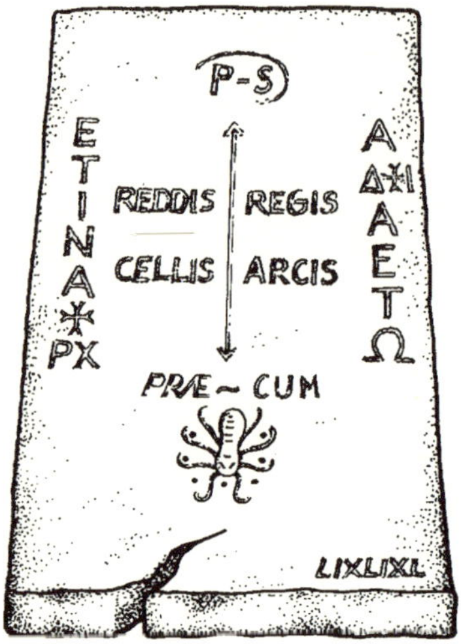

Abb. 12: Detail der Zeichnung des Grabsteins von Marie de Négri d'Ables.

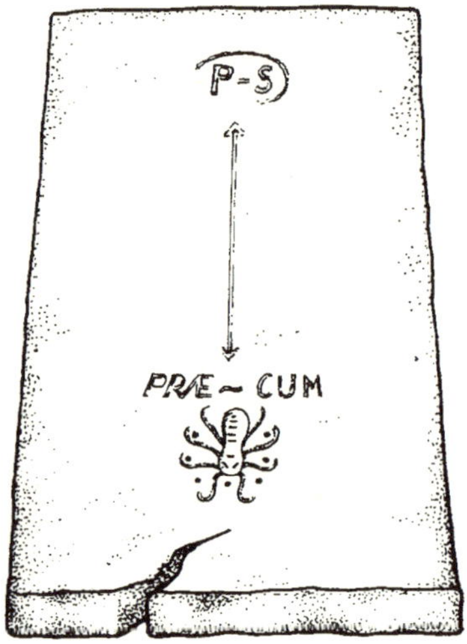

Abb. 13: Detail aus der Grabplatte von Marie de Négri d'Ables.

Marie de Négri d'Ables war der letzte Sproß der Hüter des Grabes Jesu, die bis zur Französischen Revolution im Stammschloß Blanchefort des Templergründers residierten.[3] Wie in Rennes-le-Château zu erfahren war, trat der Beichtvater der Adeligen das Erbe als Hüter des Wissens an. Wir können nur vermuten, daß er den Bau dieser Grabanlage veranlaßte, die übrigens bis 1906 auf dem Friedhof von Rennes-le-Château zu sehen war. Dank einem glücklichen Zufall ist uns zumindest eine Zeichnung dieses Grabsteins überliefert (s. Abb. 11), um 1900 von einem Künstler angefertigt, der auf den Grabmonumenten im Tal der Aude nach keltischen Motiven suchte. Denn Abbé Saunière zerstörte den Grabstein und damit auch die eingravierte Botschaft, nachdem er im Altarsockel seiner Kirche Templerdokumente gefunden hatte.

Was veranlaßte ihn, die Grabplatte – allein oder zusammen mit seinem Kollegen Henri Boudet – zu vernichten?
Offenbar war die Botschaft zu leicht zu durchschauen. Die Verschlüsselung hielt nicht stand. Und vermutlich hat Bérenger Saunière befürchtet, daß das Geheimnis des Steins mit Hilfe der neuen Techniken des beginnenden 20. Jahrhunderts schnell gelüftet werden würde.

Analyse:

- Wir haben es hier mit einer Kombination von Buchstaben, Wörtern und (vermutlich) Kürzeln sowie einer Zeichnung – der Spinne – zu tun. Überdies sticht der zentrale Pfeil, der auch als Zeiger oder Achse gesehen werden kann, ins Auge.
- Am linken Rand bilden die Buchstaben P, A und X ein Dreieck, dessen obere Spitze das A markiert.
- Was könnte das bedeuten? Zum Beispiel, daß die Buchstaben in Richtung der Spitze des Dreiecks, also von unten nach oben, zu lesen sind.
- Ein zweites Dreieck bilden – rechts oben – die Buchstaben A und I sowie ein weiteres Zeichen.
- Sehen wir uns die Spinne genauer an (s. Abb. 13): Ihr Kopf weist Punkte auf, der Insektenkörper fünf Striche. Die Spinnenbeine umfassen jeweils einen schwarzen Punkt.
- Die vier Wörter auf der Grabplatte enden allesamt auf „is“:

  Reddis Regis
  Cellis Arcis

  Wenn wir diese Endungen entfernen, ergeben sich folgende Wörter:

  Redd Reg
  Cell Arc

Ein anderes Bild bekommen wir, wenn wir die stumme Anweisung befolgen und die Buchstaben in der Richtung des Dreiecks PAX schreiben, also nicht waagrecht, sondern von unten nach oben. So verfahren wir nun mit allen vier Wörtern, und zwar gegen den Uhrzeigersinn. Damit wäre Cellis das erste, Reddis das zweite, Regis das dritte und Arcis das vierte Wort, das von unten nach oben geschrieben wird:

s	s		
i	i	s	s
l	d	i	i
l	d	g	c
e	e	e	r
c	r	r	a

Irgend etwas stimmt hier offenbar nicht. Man spürt förmlich, daß die Buchstaben nach einer Regel angeordnet sind, das Schema aber ist verzerrt. Die Lösung liegt im Weglassen der Doppelbuchstaben, die Autoren geheimer Texte zwecks Verwirrung der Tüftler gern einfügen. Also:

- Wir entfernen in „Cellis“ ein l, und erhalten CELIS.
- Wir tilgen in „Reddis“ ein d und bekommen REDIS.

Nun schreiben wir das Ganze noch einmal von unten nach oben:

S	S	S	S
I	I	I	I
L	D	G	C
E	E	E	R
C	R	R	A

Die Inschrift auf dem Grabstein sieht jetzt so aus:

Figur 1:

					A
E	S	S	S	S	**Δ+I**
T	I	I	I	I	**A**
I	L	D	G	C	**E**
N	E	E	E	R	**Γ**
A	C	R	R	A	
P + X					**Ω**

Die rechte Spalte – AΔ+I AEΓΩ – bereitet uns allerdings noch Probleme, denn sie paßt nicht richtig in ein mögliches Schema. Versuchen wir unser Glück mit einer Art sich selbst korrigierendem Verfahren, wie man es heutzutage von Computerprogrammen kennt. Wenn wir die Anordnung in der linken Spalte wie in der rechten gezeigt ändern, dann fügt sich dieses Muster erheblich besser in unser Gesamtbild:

Figur 2:

A	Δ
Δ+I	A
	I
A	A
E	E
Γ	T
Ω	Ω

Betrachten wir nun abermals die Inschrift auf dem Grabstein:

Figur 3:

					A
E	S	S	S	S	Δ
T	I	I	I	I	I
I	L	D	G	C	A
N	E	E	E	R	E
A	C	R	R	A	Γ
P + X					Ω

- Das Zeichen „Γ“ könnte für ein „T“ stehen.
- In Figur 3 fällt überdies die zweite Reihe von oben auf – TIIIII –, die überwiegend aus „I's“ besteht.
- Wäre es nicht logisch, die gesamte Reihe aus „I's“ zu kombinieren? In der dritten Zeile der ersten Spalte finden wir ein solches „I“. Verschieben wir die erste Spalte um einen Buchstaben nach oben, als ob die Spalte ein Rädchen wäre, wie wir es von Zahlenschlössern her kennen.
- Außerdem ersetzen wir das Zeichen „Γ“ probeweise durch ein „T“:

					Δ
T	S	S	S	S	A
I	I	I	I	I	I
N	L	D	G	C	A
A	E	E	E	R	E
E	C	R	R	A	T
P + X					Ω

Was spricht für und was gegen diese Manipulationen?
Links oben und rechts unten haben wir nun ein „T". Im Mittelalter las man gerne die Ecken aus, d.h., man versuchte aus den Ecklettern Wörter zu bilden:

T	S	S	S	S	**A**
I	I	I	I	I	I
N	L	D	G	C	A
A	E	E	E	R	E
E	C	R	R	A	**T**

In unserem Fall finden wir bei dieser Probe „ETAT", „A TET" oder „ET AT". Hätten wir es mit einem französischen Text zu tun, so könnten wir „Etat" und „à tet" identifizieren. Hier handelt es sich jedoch um einen in lateinischer Sprache abgefaßten Text, und im Lateinischen ergeben die gefundenen Wörter keinen Sinn. Folglich haben wir etwas falsch gemacht.
Unternehmen wir also einen neuen Versuch mit der ersten Spalte: Wir unterstellen, daß die Buchstabenkombination A, P, X zusammengehört und nicht auseinandergerissen werden darf. Unsere Tafel aus Buchstaben verändert sich nun wie folgt:

Figur 4:

					Δ
T	S	S	S	S	**A**
I	I	I	I	I	I
N	L	D	G	C	A
E	E	E	E	R	E
A	C	R	R	A	**T**
P + X					Ω

Was spricht für und was gegen diese Art der Manipulation an unserer Tafel?

Die gegenüberliegenden Ecken bestehen aus den gleichen Buchstaben, nämlich „A“ und „T“. Damit wäre auch die Umwandlung des „Γ“ in ein „T“ nachträglich gerechtfertigt. Die über die Ecken gelesenen Buchstaben ergeben „ATAT“ und „TATA“, was im Lateinischen „Ja, ja!“, „Ach!“ („attat!“) oder „Ei, potztausend“ („tata!“) bedeutet.
Diese Zurufe aus den Ecken des Grabsteins mögen den Laien überraschen, sind jedoch typisch für die mittelalterliche Technik der Codierung. Hierzu muß man wissen, daß es üblich war, den „Arbeiter am Text“ auf solche Weise für erreichte Zwischenziele zu loben oder zu tadeln. Auch Nostradamus verfuhr nach einem solchen System: Erreichte sein Entschlüsseler das Zwischenziel, so lobte er ihn mit Worten wie „Juwel, Smaragd, Löwe, König“; hatte er dagegen eine falsche Manipulation ausgeführt, so tadelte ihn der Prophet mit Worten wie „Du Bettler mit hohler Hand“, oder „Ach weh“ und anderen Ausdrücken mehr.
Resümee: Es sieht so aus, als ob unsere Manipulation den Beifall der Urheber dieses Textes gefunden hat.
Gehen wir nun also zum spannendsten Teil über, zum Lesen der Botschaft. Die von „PAX“ nach „Omega“ gelesene Version lautet:

P + X Aenit celis redis regis arci stea ia
Rätselhafte Kammer Synagogenvorstehers königlich Stele 11

Diese Aussage läßt sich in freier Übertragung etwa so lesen: *„Der geheimnisvolle Raum des königlichen Synagogenvorstehers bei Stele 11.“*
In diesem Text geht es also

- um einen „Raum“,
- um einen „jüdischen Vorsteher des Glaubens aus königlichem Geschlecht“ und
- um „Stele/Säule/Grabstein 11“, wo sich der fragliche Raum befindet.

Wer könnte mit dem „königlichen Synagogenvorsteher“ gemeint sein? Im weitesten Sinne war Jesus sowohl ein König als auch ein Synagogenvorsteher; übertragen auf unser christliches Weltbild: der Gründer der christlichen Religion, der König der Gotteshäuser der christlichen Weltanschauung.

Und was mag es mit der Stele auf sich haben? Der Hochaltar in der Kirche von Rennes-le-Château bestand aus zwei gotischen Stelen, eine davon war hohl. In dieser Stele fand Abbé Bérenger Saunière Dokumente, die ihn auf die Spur des geheimnisvollen Raums brachte; zumindest könnte die Aussage in dem vorliegenden Text auf diese Stelen bezogen sein. Denn wenn wir „IA“ als Zahlen schreiben, erhalten wir nach dem alten Ritus „11“. Man hätte aber auch „II“ oder „AA“ codieren können, dann wäre die Zahl „11“ eindeutig gemeint. Da uns diese Zahl „11“ bei Henri Boudet nochmals begegnen wird, werde ich diese Frage dort neuerlich aufgreifen.

Im ersten Moment ist man über Bérenger Saunière verärgert, wenn man liest, daß er die Platte zerstört hat, die wir gerade anhand der überlieferten Zeichnung gemeinsam untersuchen. Recherchiert man aber weiter, dann erscheint dieses rabiate Vorgehen aus zwei Gründen logisch: zum einen, wie erwähnt, da die Botschaft zu leicht zu entschlüsseln, das Geheimnis dort also nicht sicher bewahrt war; zum andern, da Saunière hierauf bereits reagiert hatte: Er hatte das Versteck gefunden und die Papiere entnommen. Zu dem Zeitpunkt, als Saunière die Grabplatte zerstörte, traf die Botschaft auf der Platte also bereits nicht mehr zu.

Der Vollständigkeit halber sehen wir uns den Text nun nochmals an, diesmal von „Omega“ nach „PAX“ gelesen:

Ai aet sic rasi g er sider silec tinea X + P

Elf Perioden auf diese Weise glatt geschoren, wenn der Hausherr dort erstrahlt bei der Raupe. X + P

In freier Übertragung kann man das wie folgt verstehen:

Elf Perioden
Damit könnten Jahrhunderte gemeint sein oder Menschenalter zu je 70 Jahren, denn im Mittelalter wurde das „natürliche" Alter eines Menschen mit 70 Jahren angenommen.

werden ohne Probleme vergehen
Damit könnte gemeint sein, daß das Grab Jesu für 770 Jahre ungestört bleiben würde.

wenn der Hausherr dort erstrahlt
Dies könnte auch mit den Worten „der himmlische Hausherr" übersetzt werden.

bei der Raupe X + P
Vielleicht ist hier der versteckte Hinweis auf die Menhire Nr. 10 + Nr. 11 zu sehen. Der Text beginnt mit einer 11 und endet, abgesehen vom P, das möglicherweise eine Abkürzung für das französische Wort für Stein ist, mit einem X, das auch als römische 10 gelesen werden kann.

Möglicherweise steckt in diesem Text also zusätzlich eine prophetische Botschaft. Falls dies zutrifft, so ist sie jedoch im Zusammenhang mit der Beschreibung des Zugangs zum Grab Jesu nicht zu deuten.
Aus der Kombination von Buchstaben und Zeichnungen können wir jedoch noch weitere Informationen entnehmen. Versuchen wir nun, da wir ja nicht wissen, nach welchem System der Text verschlüsselt wurde, weitere Worte aus unserer geheimnisvollen Tafel herauszulesen. Diesmal lesen wir einfach von oben nach unten:

Figur 5:

					Δ
T	S	S	S	S	**A**
I	I	I	I	I	I
N	L	D	G	C	A
E	E	E	E	R	E
A	C	R	R	A	**T**
P + X					Ω

Liest man diesen Text Spalte für Spalte von oben nach unten, so erhält man folgende Wörter:

TINEA = RAUPE, MOTTE
SILEC = RUHE, STILLSCHWEIGEN
SIT ER = LAGEPLAN IGEL
I GER = EINS ZUSAMMENGEFÜGT
SI CRAs = WENN MORGEN
ET = IST
AI AET = JA EWIG

Frei übertragen könnte man lesen:

„Die Raupe verschweigt den Lageplan des Igels, wenn gegen Osten die Einheit zusammengefügt ist. Ewig."

Sehen wir uns diese „Raupe" nun etwas genauer an.
Die nachfolgenden Ausführungen stellen eine Erstveröffentlichung dar. Diese Erkenntnisse sind weder in der einschlägigen französischen Literatur zu finden noch in den Kreisen der Insider bisher diskutiert worden. Die verblüffende Lösung des Rätsels um die Spinne und die Worte PRAE – CUM fand ich, nachdem mir das Ergebnis dieser Gleichung mit vier unbekannten Bedeutungen auf anderem Weg zugeflogen war.

Zeichen	mögliche Bedeutung
Spinne	unbekannt
Prae - cum	unbekannt
Pfeil	Richtungsangabe, ähnlich einer Kompaßnadel, nach zwei Richtungen (Pfeilspitzen). Einwand: Zu dieser Zeit gab es noch keinen Kompaß dieser Art.

Die Bedeutung der Unbekannten „X“ in der Gleichung wurde mir durch den Grabstein von Henri Boudet mit der Inschrift „M.I.O.X.I.“ klar, auf den ich im folgenden Kapitel zu sprechen komme. Es geht um einen Punkt in einer Landschaft. Boudet hat diesen Punkt in seinem Buch „La vraie langue celtique“, wie wir noch sehen werden, klar definiert.
Verschlüsselt sind dort die Koordinaten für einen Punkt in der Landschaft zwischen dem 10. und 11. Menhir niedergelegt: dem Eingang zum Grab Jesu. Sein Bruder Edmond Boudet hat zu dem Buch eine exakte Landkarte beigesteuert, auf welcher zwischen dem 10. und dem 11. Menhir sogar ein Kreuz eingezeichnet ist. Mittels dieser Kenntnisse können wir nun zurückverfolgen, was die Verschlüsseler gemeint haben bzw. wie sie vorgegangen sind.
Definieren wir den Punkt „X“, das Kreuz zwischen dem 10. und dem 11. Menhir, auf der Landkarte (s. Abb. 54 u. 55) als Mittelpunkt, so stellen wir fest: Einige Orte kann man mit dem Lineal verbinden; die Linien schneiden sich im Mittelpunkt „X“. Wenn wir eine genügend genaue Karte verwenden, können wir überdies Kirchen, Klöster und Burgen einbeziehen. Und siehe da, eine weitere Unbekannte in unserer Formel ist gefunden: Die Buchstaben „Prae - cum“ entsprechen den Anfangsbuchstaben bestimmter Orte.

P	St. **P**ancreas	C	**C**avirac
R	**R**ennes-les-Bains	V	**V**iallasse
A	**A**rques	M	St. **M**artin
E	**E**spéraza		

Zusammenfassend können wir also feststellen: Die „Spinne“ setzt sich aus drei Elementen zusammen:

- einer **„Raupe“**, so benannt nach den Aussagen, die sich aus den Buchstaben ermitteln lassen,
- den **„Beinen der Raupe“**, entsprechend dem Pfeil auf der Grabplatte als Symbol der Verbindung zwischen zwei Orten,
- **Punkten**, die symbolisch für Orte stehen.

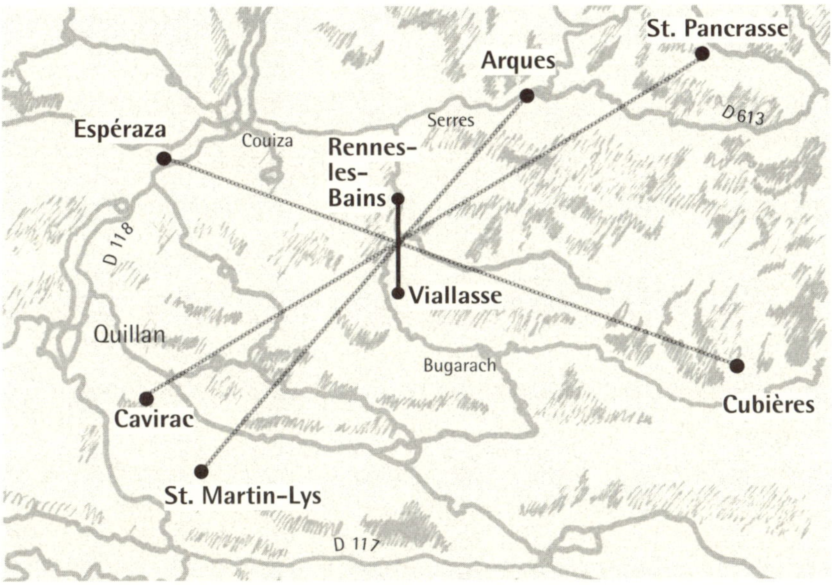

Abb. 14: Der Schnittpunkt der Verbindungslinien entspricht der Stelle, die Edmond Boudet auf seiner Karte markiert hat (Abb. 54).

Und das ist die Lösung:
PRAE – CUM
Der gemeinsame Mittelpunkt der Orte mit den Anfangsbuchstaben P R A E und C U M markiert den Eingang zum Grab Jesu.
Die „Raupe“ scheint überdies ein bildlicher Hinweis auf den Eingang oder die Grabanlage Jesu zu sein: Abbé Saunière hat in seiner Kirche Texte hinterlassen, aus denen hervorgeht, daß man 17 Stufen hinabsteigt, bevor man in einen runden Raum kommt.

EIN WORT ZU DEN KÜNFTIGEN ERBEN

In unserer Zeit gibt es selbsternannte Nachfolgeorganisationen mit klingenden Namen und großartigen Titeln, die vorgeben, die Erben der Templer zu sein. Wir sollten solcher Eigenwerbung – etwa in Zeitungsannoncen – mit Zurückhaltung begegnen.
Anscheinend haben die Templer ihren wahren Erben einen Ort und an diesem Ort einen Schatz hinterlassen. Das Recht auf diese Erbschaft kann weder durch Herkunft, also Geburt, noch durch die Macht des Geldes begründet werden, sondern nur durch selbst erworbenes Wissen. Die Kunst besteht darin, hinterlassene Fragmente nach den Regeln der Kunst zusammenzusetzen und deren Aussage zu verstehen und in die Praxis umzusetzen.
Die wahren Erben sind also aus der Sicht der letzten Templer, der Erblasser, nicht bestimmte Personen oder Mitglieder einer bestimmten, womöglich geheimen Organisation. Nach ihrer Ansicht findet sich der Erbe vielmehr auf ganz natürliche Weise – durch Talent, Rückerinnerung oder Schicksal – zur Entgegennahme der Erbschaft ein.
Er muß zum richtigen Zeitpunkt am richtigen Ort sein, er muß wissen bzw. erkennen, mit Verstand oder instinktiv handeln und wird so – ohne jede Formalität – das Erbe antreten.

DIE GEHEIMNISVOLLEN ZAHLEN AUF DER GRABPLATTE

Wir finden in der rechten unteren Ecke des Dokuments, von Insidern in Stein geschrieben und für die Nachwelt hinterlassen, eine Serie von römischen Zahlzeichen. Seit den 50er Jahren dieses Jahrhunderts hat sich vor Ort, im oberen Lauf des Flusses Aude, eine Schatzsuchergemeinde herausgebildet. Koordinaten sind für Schatzsucher das wichtigste Instrument. Es erstaunt daher nicht, daß es über die geheimnisvolle Formel reichlich Literatur und Kommentare gibt. Der Vollständigkeit halber stelle ich hier einige dieser Ideen vor.

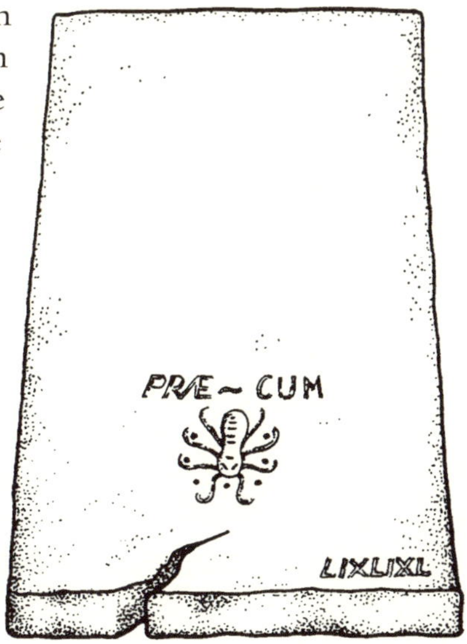

Abb. 15: Detail der Grabplatte von Marie de Négri d'Ables.

Vorausgesetzt, daß es sich um römische Zahlzeichen handelt, können wir

- das „L" als 50,
- das „I" als 1 und
- das „X" als 10

identifizieren. Das wäre der erste, der leichteste Schritt. Um welche Kombination könnte es sich hierbei handeln?

Möglich wäre:

L+I+X+L+I+X+L = 172 = 1 - 7 - 2

Saunière spricht, wie erwähnt, von 17 Stufen, die abwärts zum Eingang führen, aber diese 17 mit den gleichen Ziffern in unserer Gleichung zu assoziieren, scheint mir an dieser Stelle noch etwas zu weit hergeholt.
Weitere Möglichkeiten:

LI XL IX L = 51 40 9 50 = 150 = 1 - 5 - 0

oder:

L+IXL+IXL= 50 41 41 = 132 = 1 - 3 - 2

Als letzte Möglichkeit können wir noch die Formatierung, d.h. die Schreibweise selbst, zur Entschlüsselung heranziehen:

LIX LIX L

I I
L L L
X X

Die Zahlenkette in der rechten unteren Ecke des Grabsteins könnte Koordinaten oder Entfernungsangaben beinhalten. Wir vermögen jedoch mit diesen Koordinaten nicht so sinnvoll zu arbeiten, daß sich uns das dahinter verborgene System offenbart. Folglich müssen wir uns darauf verlassen, daß Pfarrer Saunière genau wußte, was er tat, als er die Grabplatte zerstörte.

ZUSAMMENFASSUNG

Schließen wir diese Hinweise auf die genaue Lage des Zugangs zum Grab Jesu mit einer zusammenfassenden Übersicht ab:

1. Von Edmond Boudet – dem Bruder des Pfarrers Henri Boudet – gezeichnet, finden wir im Buch „La vraie langue celtique“ eine Karte, in der zwei Markierungen eingezeichnet sind, die förmlich dazu herausfordern, dort eine Linie zu ziehen (Abb. 54). Wird diese Linie zwischen den zwei Kreuzen mit doppeltem Querbalken gezogen, dann schneidet sie genau zwischen zwei Menhiren ein Kreuz. Wer diese Auffälligkeiten das erste Mal erkennt, fühlt sich wie in einen Schatzgräberroman versetzt. Die Menhire stehen auf dem Berg Le Serbaïrou.

2. Wir haben ein Templerdokument in Form des Grabsteins der Marie de Négri d'Ables untersucht: Im Schnittpunkt von Linien, welche die Ortschaften, Kirchen, Schlösser oder Klöster mit den Anfangsbuchstaben P-R-A-E – C-U-M verbinden, haben wir einen Ort nahe Rennes-les-Bains ermittelt (Abb. 14). Er ist identisch mit Hinweisen auf den Menhir X oder XI (je nachdem, von welcher Seite die steinernen Überbleibsel aus der Keltenzeit auf dem Berg Le Serbaïrou gezählt werden).

In den folgenden Kapiteln werde ich schildern, auf welche Weise die beiden Pfarrer Boudet und Saunière im 19. Jahrhundert das Erbe der Katharer und Templer als Hüter des Jesusgrabes antraten. Hierzu vorweg schon einige Hinweise, die obige Berechnungen nochmals stützen:

- Eine der Fensterluken im Turm des Anwesens von Pfarrer Saunière aus Rennes-le-Château zeigt exakt in Richtung Le Serbaïrou.

- Die beiden Templerkommandanturen St. Just und Le Bezu stehen in Fluchtlinie in Richtung des 11. Menhirs auf dem Berg Le Serbaïrou.

Wir können hieraus schließen, daß es Abbé Henri Boudet übernommen hatte, der Nachwelt die genaue Lage des Jesusgrabes zu überliefern. Dagegen hatte es sich sein Kollege aus der benachbarten Pfarre Rennes-le-Château in erster Linie zur Aufgabe gemacht, Hinweise zum Inneren der Anlage sowie Anweisungen zu hinterlassen, wie man sich in dem ausgeklügelt gesicherten Bau verhalten und bewegen soll.

DIE HÜTER DES JESUSGRABS IM 19. JAHRHUNDERT

Wenden wir uns nun den modernen Erben dieser brisanten Schätze und Geheimnisse zu. Wie im Vorwort erwähnt, existiert im Aude-Tal anscheinend eine christliche Geheimorganisation, die bis heute den kostbarsten Schatz der Christenheit hütet. Deren bedeutendste Exponenten im 19. und beginnenden 20. Jahrhundert waren ohne Zweifel die Gebrüder Boudet und Bérenger Saunière.

HENRI BOUDET

Abb. 16: Henri Boudet als junger Geistlicher.

Er wurde am 16. November 1837 in Quillan geboren und durchlief eine unauffällige Ausbildung zum Priester in Carcassone, dem Bischofssitz seiner Heimat. Im Juni 1860 wurde er Diakon, im Dezember 1862 schließlich zum Priester geweiht. Nach weiteren vier Jahren als Vikar wurde er im November 1866 Pfarrer in einer Pfarre des Bezirks Limoux. Sechs Jahre später fand er sich nach Bains de

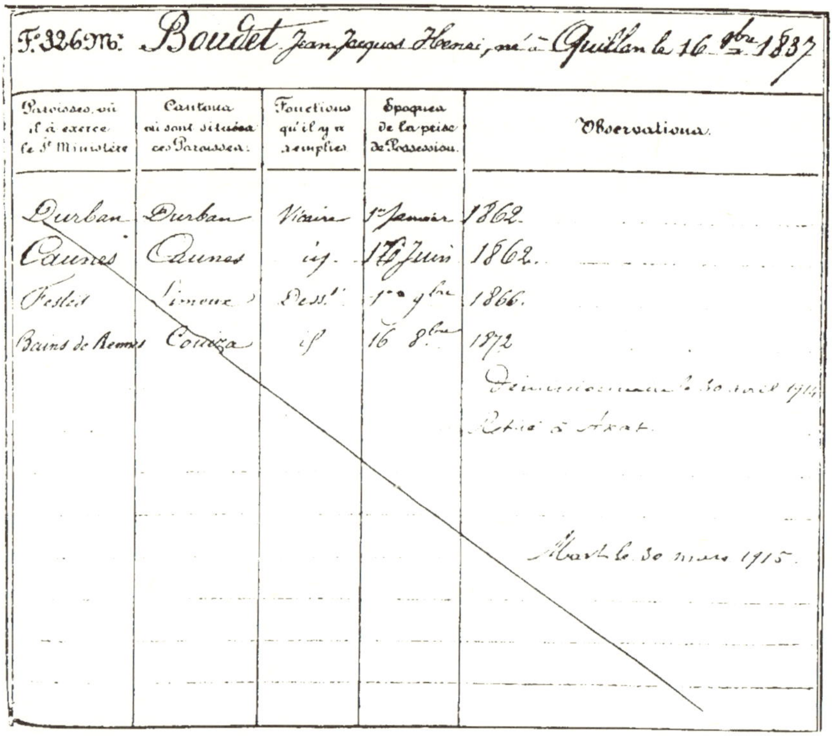

F.º 326 M: Boudet Jean Jacques Henri, né à Quillan le 16 8bre 1837

Paroisses où il a exercé le St Ministère	Cantons où sont situées ces Paroisses	Fonctions qu'il y a remplies	Époques de la prise de Possession	Observations
Durban	Durban	Vicaire	1er janvier	1862
Caunes	Caunes	id.	17 juin	1862
Festes	Limoux	Dess.t	1er 9bre	1866
Bains de Rennes	Couiza	id	16 8bre	1872
				Démissionnaire le 30 avril 1914 Retiré à Axat
				Mort le 30 mars 1915

Abb. 17: Die Laufbahnkarte des Abbé Henri Boudet aus dem Bischöflichen Archiv von Carcassonne.

Rennes – heute Rennes-les-Bains – im Bezirk Couiza versetzt, etwa 20 Kilometer von seinem Geburtsort Quillan entfernt.
Hatte er sich um diese Pfarre bemüht oder war es ein bloßer Zufall, der ihn zur Wirkungsstätte seines Bruders Edmond verschlug? Edmond jedenfalls, auf den ich gleich zu sprechen komme, war als Landvermesser von der Bezirksregierung beauftragt worden, jeden Meter der Gegend zu vermessen – keine schlechte Tarnung für jemanden, der vielleicht just in dieser Gegend einen wohlverborgenen Schatz sucht ...

Bis zum Frühjahr 1914, also 42 Jahre lang, wirkte Henri Boudet in Rennes-les-Bains als Pfarrer. Am 30. April 1914 trat er, inzwischen 77 Jahre alt, von seinem Amt zurück, verließ Rennes-les-Bains und zog - angeblich gegen den Willen seiner Pfarrkinder - nach Axat. Dort verstarb er am 30. März 1915 und wurde neben seinem Bruder auf dem Friedhof von Axat beerdigt.
In jenen 42 Jahren seines nach außen hin unauffälligen Wirkens aber spielte der Abbé eine hochbrisante Rolle im Geheimnis um das Jesusgrab.

EDMOND BOUDET

Wie gelangte Henri Boudet in den Besitz des geheimen Wissens um Gral und Jesusgrab? Nach allem, was wir wissen und vermuten können, machte zunächst sein Bruder Edmond bei seinen exakten Vermessungsarbeiten eine sensationelle Entdeckung. Als Geometer mußte er bergauf, bergab praktisch jeden Meter vermessen. Dabei muß ihm manches in und um Rennes-le-Château aufgefallen sein - sofern er nicht sogar vorher schon einen Hinweis erhalten und sich daraufhin gezielt um den Auftrag bemüht hatte, die Region um Rennes-le-Château zu vermessen.

DIE JESUS-VERSCHWÖRUNG

So oder so scheint Edmond schließlich „etwas“ gefunden zu haben, woraufhin sich aller Wahrscheinlichkeit nach folgendes Szenario entfaltete:

- Edmond Boudet weiht seinen einzigen Bruder ein, den Pfarrer Henri Boudet.

- L'Abbé Henri Boudet informiert daraufhin seinen Bischof in Carcassonne.
- Der Bischof informiert den Papst, der positiv reagiert.
- Sodann veranlaßt der Bischof, daß Boudet als Pfarrer nach Rennes-les-Bains versetzt wird.
- Auch der nächste Papst, Leo XIII. (reg. 1878-1903), hält anscheinend seine Hand über das Geheimprojekt.
- Das ändert sich jedoch unter Pius X. (reg. 1903-1914): Vermutlich ist im Vatikan mittlerweile gegen das Projekt Jesusgrab entschieden worden.
- Auch der Nachfolger des Bischofs in Carcassonne ändert abrupt den Kurs seines Vorgängers.

Über die Hintergründe, warum zuerst Bérenger Saunière (s.u.) und kurz darauf Henri Boudet massive Schwierigkeiten mit ihrem Bischof bekamen, diskutieren die Insider in der dortigen Gegend schon seit 60 Jahren. Man geht davon aus, daß die Kurie Henri Boudet zum Rücktritt zwang. Der offizielle Rücktrittsgrund soll ein Streit zwischen Pfarrer Boudet und dem antiklerikalen Bürgermeister von Rennes-les-Bains gewesen sein.
Dieser Streit mag tatsächlich eine Rolle gespielt haben, denn von Boudet ist überliefert, daß er mit zunehmenden Alter immer starrköpfiger wurde. Das allein hätte ihn aber nie und nimmer dazu bewegen können, freiwillig auf seine Pfarre zu verzichten. Seine letzten Monate, die er nach seiner Demission in Axat verbrachte, sollen ohnehin sehr unangenehm gewesen sein: Er lebte in ärmlichen Verhältnissen, abhängig von der Barmherzigkeit einiger Menschen seiner Umgebung.
Kaum ein Jahr nach seinem erzwungenen Rücktritt verstarb Henri Boudet, der mit hoher Wahrscheinlichkeit in eines der kostbarsten Geheimnisse der Christenheit eingeweiht war.

DIE WERKE VON HENRI BOUDET

Im Laufe seines Lebens hat der Abbé folgende vier Bücher geschrieben:

- „La vraie langue celtique et Le Cromlech de Rennes-les-Bains"
- „Lazare veni foras"
- „Du nom de Narbonne"
- „L'Alphabet Solaire"

Eine Zeittafel zum besseren Überblick:

- 1872 übernimmt Boudet die Pfarre in Rennes-les-Bains.
- 1886 erscheint sein Werk „La vraie langue leltique"; Auflage: ca. 800 Exemplare.
- 1891 publiziert er „Lazare veni foras" („Lazarus, komm heraus") in nur wenigen Exemplaren.
- Die anderen beiden Manuskripte bleiben zu seinen Lebzeiten unveröffentlicht.

Abb. 18: Titelbild des 1891 erschienenen Werkes „Lazare Veni Foras" von Henri Boudet.

Seine schriftstellerische Tätigkeit trug Boudet eine Rüge seitens seines Bischofs in Carcassonne ein: Sie sei nicht mit der von einem

Dorfpfarrer erwarteten Demutshaltung zu vereinbaren. Doch auch die weltlichen Kritiken, die sich der schriftstellernde Abbé einhandelte, waren einigermaßen niederschmetternd: Die Rezensenten wiesen ihm nach, daß er vor allem in seinem ersten Werk „überwiegend andere Schriftsteller zitiert" habe – eine kaum mißzuverstehende Umschreibung des Vorwurfs, der Herr Pfarrer habe bei anderen Autoren abgeschrieben.
Allerdings scheinen weder der Bischof noch die Zeitungskritiker begriffen zu haben, worum es dem Abbé in Wahrheit ging. Sicherlich trieb ihn nicht der Ehrgeiz um, sich durch dichterischen Feinsinn in der Weltliteratur zu verewigen. Vielmehr bediente er sich der – wie wir oben sahen – seit der Renaissance üblichen Methode, Geheiminformationen unauffällig und doch unzerstörbar für die Nachwelt zu deponieren: In Buchform veröffentlicht, in einigen Bibliotheken archiviert, würde seine Botschaft überdauern und eines Tages ans Licht kommen. Den zweiten Teil dieser Geheiminformationen übermittelte er, indem er sich einer noch älteren, vor allem bei den Templern beliebten Methode bediente: Auf seinem Grabstein hinterließ er, sinnigerweise in Form eines steinernen Buches, die rätselhafte Inschrift M.I.O.X.I.
In den letzten vierzig Jahren haben Insider in Rennes-les-Bains den Inhalt des Buches von der „Wahren Sprache der Kelten" immer wieder auf den Kopf gestellt und nach einem Grund gesucht, warum Boudet dieses Werk veröffentlichte. In seinem Nachlaß fand sich auch das erwähnte Manuskript namens „Das Sonnenalphabet der Kelten", mit Tabellen und Vergleichen, das den Titel „La vraie langue celtique" sehr viel eher verdient hätte. Dagegen ergaben die Recherchen, daß Boudet ganze Kapitel seines Buches mit Beiträgen aus den „Sankt Petersburger Kulturheften" gefüllt hatte – woher auch immer er diese im zaristischen Rußland erschienenen Periodika haben mochte. Wir werden jedoch sehen, daß es ihm bei diesem Buch

Abb. 19: (Bild rechts) Titel des rätselhaften Werkes des Abbé Boudet.

LA VRAIE
LANGUE CELTIQUE

ET

Le Cromleck de Rennes-les-Bains

PAR

l'Abbé H. BOUDET

CURÉ DE RENNES-LES-BAINS (AUDE)

1886

CARCASSONNE

IMPRIMERIE FRANCOIS POMIÈS, RUE DE LA MAIRIE, 50.

---

durchaus nicht auf den Inhalt, sondern einzig auf die dort verborgenen Geheiminformationen ankam.

Hat Pfarrer Boudet womöglich bereits im Titel dieses Werkes eine geheime Botschaft verborgen? Schon der erste Versuch, den Text durch Verschiebung der Wortgrenzen zu decodieren, führt zu bemerkenswerten Resultaten:

L a V r a i	Die Wahrheit
l a n g	des Engels
V e c e l	?
D i g u e	Damm, Deich, Hindernis

Auch wenn der Text damit scin Gchcimnis noch nicht vollends preisgegeben hat, zeigt sich schon hier, daß es sicher lohnenswert ist, auch diese Spur weiter zu verfolgen.
Wenden wir uns nun aber dem ebenso mysteriösen Grabstein zu, der die gemeinsame Grabstätte der Brüder Boudet bedeckt.

DIE INSCHRIFT DES GRABSTEINS

Die Inschrift auf dem Grabstein der Gebrüder Boudet lautet in voller Länge:

REPOS	FAMILLES SAIREL LABAT BOUDET
ICI REPOSE	ICI REPOSE
EDMONT BOUDET	HENRI BOUDET
DÈCÈDE	ANCIEN CURÉ DE RENNES-LES-BAINS
DANS LA PAIX	DÉCÉDE DANS LA PAIX DU SEIGNEUR
DU SEIGNEUR	A AXAT LE 30. MARS 1915
LE 5 Mai 1905	A L'AGE DE 78 ANS
A L'AGE DE 67	IL FUT UN PRETRE SELON LE POUR
PRIER POUR LUI	DE DIEU BON AFFABLE ENVERS TOUS

AIMÉ DE DIEU ET DE CEUX QUI L`ONT CONNU. SA MÈMOIRE EST EN BENEDICITION

E.CCI.II

MISÉRICORDIEUX JÉSUS DONNEZ LUI LE REPOS ETERNEL

(Buch aus Stein:)

Σ

I.

O:

X.

I

(unleserlich:) EC... _ Clession prieri LLIIJ

Die Übersetzung:

HIER RUHT
EDMOND BOUDET
ENTSCHLAFEN
IM FRIEDEN DES HERRN
AM 5. MAI 1907
IM ALTER VON 67
BETE FÜR IHN

HIER RUHT
HENRI BOUDET
EHEMALS PFARRER
VON RENNES LES BAINS
ENTSCHLAFEN IM FRIEDEN
DES HERRN
ZU AXAT AM 30. MÄRZ 1915
IM ALTER VON 78 JAHREN
ER WURDE EIN PRIESTER.
(. . .)

Abb. 20: Der mysteriöse Grabstein der Gebrüder Boudet in Axat.

DAS STEINERNE BUCH

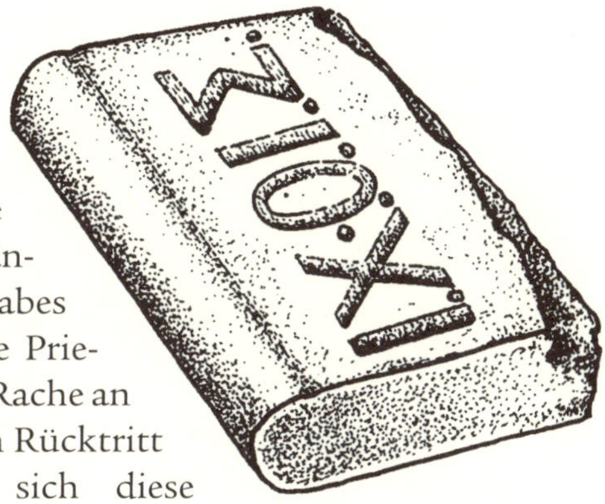

Es gibt sehr viele Versuche, das Rätsel zu lösen, das Henri Boudet auf seinem Grabstein für die Nachwelt eingravieren ließ. Könnte es sich um eine raffiniert erdachte Angabe der Längen- und Breitengrade des Grabes Jesu handeln, die der verbitterte Priester hinterlassen hat als eine Art Rache an seinen Vorgesetzten, die ihn zum Rücktritt zwangen? Nachträglich läßt sich diese Annahme bejahen. Ich hätte jedoch niemals gewagt, nur aufgrund dieser Angaben anzunehmen, daß Henri Boudet den Zugang zum Jesusgrab so exakt auf seinem Grabstein bezeichnen würde. Aber einige Zahlen springen uns einfach ins Auge.

Abb. 21: Detail des Grabsteins: Warum ließ Henri Boudet auf der Grabplatte dieses steinerne Buch mit der Inschrift „MIOXI" meißeln? Eine Botschaft an die Nachwelt?

Σ.I.O.X.I. = M.I.O.X.I.

Die Idee, das Zeichen für „Summe" – Σ – sowohl als M wie auch als eine 3 zu lesen, ist alt. In der Literatur gibt es etliche Ansätze, um mit diesen Lesarten vernünftig erscheinende Aussagen zu erhalten. Wir können davon ausgehen, daß Henri Boudet als Pfarrer der kleinen Gemeinde Rennes-les-Bains sehr viel Zeit damit verbringen konnte, seine wichtigste Botschaft in möglichst wenigen Zeichen auszudrücken. Diese Zeichen hatte er so zu wählen, daß sie mehrere Bedeutungen besaßen. Und den Schlüssel zum Schloß versteckte er in seinem Buch „La vraie langue celtique et Le Cromleck de Rennes-les-Bains".

- Als erstes trifft es sicherlich zu, daß das Zeichen „Σ“ als ein „M“ gelesen werden kann. Man kann sodann folgende Aussagen herauslesen:
  M IO XI = „M(enhir) 10 11“ = gesuchter Menhir zw. 10 und 11
- Zweitens läßt sich das „Σ“ als eine „3“ lesen – vermutlich ein Hinweis auf die Kapitel oder Seitenzahlen bis hin zu den Buchstaben in seinem Buch, die für die Decodierung benötigt werden.
- Als dritte Möglichkeit kann man schließlich auch die Angabe in Breiten- und Längengraden herauslesen.

DIE DECODIERUNG MIT HILFE EINES BUCHES

Verfolgen wir zunächst die zweite Möglichkeit, indem wir die Codezeichen nach guter alter Sitte der Spione vor hundert Jahren untersuchen. Damals einigte man sich auf ein Buch, beispielsweise die Bibel, als Codeschlüssel und gab dann in Zahlen an, auf welcher Seite welches Wort oder welcher Buchstabe gesucht werden sollte. Wenn wir nach diesem System verfahren und das Werk von Henri Boudet zugrunde legen, bekommen wir folgendes Ergebnis:

Σ.I.O.X.I.

Lesen wir „Σ“ als Zeichen für Summe, so ergibt dies:
1 + 0 + 10 + 1 = 12

Nehmen wir „Σ“ als eine 3, dann stehen uns eine Reihe von Kombinationen zur Verfügung, z.B.:

Codierung	**Resultat**
• Seite 3, 10. und 11. Wort:	Palus-Méotide
• 3. Abschnitt, 1. Kapitel,	
⇒ 10. und 11. Buchstabe	an
⇒ 10. und 11. Wort	par ces *(durch diese)*
⇒ 10. Zeile, 11. Wort	voie
⇒ 10. Zeile, 11. Buchstabe	p
• Seite 31,	
⇒ 10. Wort, 1. Buchstabe:	e
⇒ 9. Wort (da O dazwischen):	Elohim
⇒ 10. Zeile, 1. Wort:	tique
• 3. Kapitel,	
⇒ 10. und 11. Buchstabe:	HU
⇒ 10. und 11. Wort:	descendans de *(hinabsteigen)*
⇒ 10 Zeile, 11. Buchstabe:	r
• Seite 310, Zeile 11	Chapitre VIII *(Kapitel 8)*

Ergibt:

Palus-Méotide an par ces voie p. e. Elohim[4] *tique hu descandans de r (ter?) Chapitre VIII*

Dieser Versuch der Decodierung scheint im Zusammenhang mit dem Jesusgrab keine neuen Erkenntnisse zu bringen. Der folgende Weg führt uns jedoch weiter:

DIE INTERPRETATION ALS LÄNGEN- UND BREITENGRADE

Der dritten Möglichkeit – die verschlüsselten Angaben als Längen- und Breitengrade zu lesen – nähern wir uns mit den folgenden Schritten. Die Inschrift ergibt

von rechts nach links gelesen: Σ.I.0.X.I.

a) Die Summe:	3I	0	XI	= 31 + 11 =	42
b) nochmals verdichtet:	3+1 = 4	0 = 40	+ 10 + I	= 50 + 1 =	51

von links nach rechts gelesen: I.X.0.I.Σ

c) Die Summe:	IX	+ 0	+ IΣ	= 9 + 13 =	22
d) nochmals verdichtet:	1+9 = 10	+ 0		= 100 + 4 =	104

Wenn wir nun die offizielle Karte der dortigen Region heranziehen – Topographische Karte Nr. 2347 ouest/Quillan –, finden wir den Menhir 11 (vgl. die Karte von Edmond Boudet, Abb. 54) auf N 42°54' und O 2°19'. Das entspricht mit einer geringfügigen Abweichung den Resultaten aus den Zeilen a) und b) für den Nördlichen Breiten- und aus Zeile c) für den Östlichen Längengrad, Welche Information enthält unter diesen Umständen das Resultat der Zeile d)? Denkbare Lesarten:

- Es handelt sich um eine Angabe in Metern, z.B. 104 Meter entfernt oder 10,4 Meter tief.
- Es handelt sich um eine Angabe auf dem Kompaß, also 104 Grad = südöstliche Richtung, z.B. von einer Markierung oder vom Menhir aus.

Bitte vergegenwärtigen Sie sich, daß wir inzwischen über ein dreifach abgesichertes Ergebnis verfügen: Die Längen- und Breitengrade laut Inschrift auf dem Grab der Gebrüder Boudet korrelieren nicht nur mit der Position des 11. Menhirs, bei dem sich auf Edmond Boudets Karte ein unmißverständliches Kreuzzeichen befindet - sie sind überdies mit dem Schnittpunkt identisch, den wir oben fanden, indem wir das Kürzel Prae-cum auf dem steinernen Templerdokument decodierten.

PFARRER SAUNIÈRE ENTDECKT EINEN SCHATZ

Seit 1872 wirkte Henri Boudet als Pfarrer in Rennes-les-Bains. 14 Jahre später, am 1. Januar 1886, nahm ein Kollege namens Bérenger Saunière in der armseligen Nachbarpfarre Rennes-le-Château seinen Dienst auf. Wie oben bereits angedeutet, entdeckte Saunière bald darauf sensationelle Templerdokumente in seiner Kirche. Und nach allem, was wir wissen, tauschte er sich mit seinem Priesterkol legen Boudet so lebhaft wie diskret über ihrer beider Funde aus. Offenbar verständigten sich die beiden sogar auf eine Art Arbeitsteilung: Während Saunière beim Umbau seiner Dorfkirche Hinweise versteckte, wie man das Heiligtum der Christenheit betreten könne oder daß dort gewisse Gefahren lauerten, überlieferte Boudet – in seinem Buch und mittels der Grabinschrift – jene geheimen Informationen zu dem Ort, der den Zugang zum Jesusgrab ermöglicht.
Vergleicht man die Biographien von Bérenger Saunière und Henri Boudet, so zeigt sich rasch, daß ihre Schwierigkeiten mit Vorgesetzten, die sie anfänglich gemeinsam durchstehen mußten, zwischen 1905 und 1911 den Höhepunkt erreichten. Diese Probleme stehen, wie gesagt, wahrscheinlich in einem Zusammenhang mit dem Papstwechsel in Rom:
Leo XIII. soll von den Vorgängen im Aude-Tal gewußt und sich wohlwollend dazu gestellt haben. Anscheinend aber gab es auch eine Gruppe radikaler Geistlicher in Vatikan, die auf keinen Fall von dem Dogma abweichen wollte, daß Jesus auch körperlich zum Himmel aufgefahren sei. Mit Pius X. scheint diese Gruppe

einen der ihren auf den Papstthron gebracht zu haben. Jedenfalls erfolgte unter diesem Papst eine radikale Kehrtwendung, so daß insbesondere Saunière förmlich über Nacht massiv unter Druck geriet.
Wie aber kam es überhaupt dazu, daß ein so energischer und ehrgeiziger Priester wie Bérenger Saunière in die elende Pfarre Rennes-le-Château versetzt wurde? War das ein bloßer Zufall, oder wurde möglicherweise auch er gezielt in den Pyrenäenort manövriert?
Bérenger Saunière wurde am 11. April 1852 in Montazels geboren. Er entwickelte sich zu einem so selbstbewußten wie hochintelligenten jungen Mann, von dem viele sagten, daß er zum „Chef" geboren sei. Mit Unterstützung eines Ingenieurs, der sich in Montazels auf das Altenteil zurückgezogen hatte, konnte die Familie den Jungen auf die höhere Schule schicken, ja sogar die Kosten für das Priesterseminar aufbringen. Im Alter von 18 Jahren trat er in das Kolleg ein.
Am 16. Juli 1879 wurde Saunière zum Priester geweiht und durchlief die üblichen Stufen im Dienen am Nächsten, bis er am 16. Juni 1882 zum Pfarrer von Clat ernannt wurde.
Aufgemerkt! Hier beginnt sein Lebenslauf bereits von dem eines einfachen Landpfarrers, armer Leute Kind, abzuweichen. Anstatt in Clat zu bleiben, wird er zum 1. Juni 1885 nach Rennes-le-Château versetzt – in ein Nest, noch armseliger, noch kleiner als Clat. Seit dem Tod des letzten Pfarrers war die Pfarre von Rennes-le-Château fast ein Jahr lang unbesetzt geblieben.
Wer waren die Drahtzieher dieser eigenartigen Versetzung, was wurde damals wirklich gespielt? Es ist überliefert, daß Abbé Saunière in seine Predigten monarchistische Ideen einfließen ließ, und zwar in der ihm eigenen Art, also durchaus nicht diskret. Womöglich wollte man den Eiferer aus der Öffentlichkeit zurückziehen. Jedenfalls wurde er nur ein halbes Jahr nach seiner Versetzung, im Januar 1886, zum Professor am Kleinen Priesterkolleg in Narbonne ernannt.

Nun aber geschah etwas noch Merkwürdigeres: Abbé Saunière verzichtete auf die Karriere und erklärte, er „möchte lieber hier und bei den Seinigen bleiben“. War es für einen Mann, der nach allgemeiner Ansicht zum Chef geboren war, nicht mehr als ungewöhnlich, daß er diese Karrierechance ausschlug? Die Kirchenbehörde akzeptierte schließlich sein Gesuch, so daß er rückwirkend zum 1. Januar 1886 endgültig zum Seelsorger von Rennes-le-Château ernannt wurde.

Ein Einwohner von Rennes-le-Château, der sich noch in den 60er Jahren an Abbé Saunière erinnerte, schilderte ihn als einen lebenslustigen Menschen, dem die weiblichen Gemeindemitglieder manches zuzustecken pflegten. Er sei ein Frauenliebling gewesen und insbesondere mit Speise und Trank von seinen Gönnerinnen reichlich versorgt worden.

Ein anderer Einwohner erinnerte sich in den 50er Jahren, daß vom ersten Tag seines Wirkens in Rennes-le-Château an zwischen Abbé Saunière auf der einen und dem Lehrer und dem Arzt auf der anderen Seite heftiger Streit herrschte. Bis zum Tod von Abbé Saunière seien die drei erbitterte Feinde gewesen. Das könnte, wie manche glauben, erklären, weshalb Abbé Saunière ständig denunziert wurde und im Archiv des Französischen Geheimdienstes Akten existierten, in denen der Pfarrer angeschwärzt wurde.

Warum setzte er sich all dem aus? Als Professor in Narbonne hätte er dreimal soviel verdient. Der lebenslustige und ehrgeizige Mann muß also schwerwiegende Gründe besessen haben, als er auf Geld, Karriere und Wohlleben verzichtete.

Oder diente die erbärmliche kleine Pfarre, der er vorstand, nur als Tarnung für ein ganz anderes, ungleich höheres Amt? Tatsache ist jedenfalls, daß der Präfekt des Bezirks Aude bereits im Frühjahr 1886 Saunières Jahresgehalt von 200 auf 900 Francs erhöhte. Das Geld stammte, wie man heute weiß, von einer Comtesse de Chambord, der Witwe des legitimen Thronerben von Frankreich.

Wie erklären sich all diese merkwürdigen Vorgänge? Noch immer schreiben wir das Jahr 1886, und die Kette der seltsamen Ereignisse reißt keineswegs ab: Bereits in diesem ersten Jahr seines Wirkens in Rennes-le-Château entdeckt Abbé Saunière – mit Hilfe von Hintermännern oder durch eigenes Glück – auch jene geheimen Templerdokumente in seiner Kirche. Und er beginnt unverzüglich, den Friedhof mit Kalvarienberg sowie die Kirche außerordentlich aufwendig umzubauen beziehungsweise zu restaurieren. Pfarrer Saunière gräbt, klopft, entfernt Gegenstände und verrückt Platten, so daß mehr als ein Gemeindemitglied sich wundert, und er ist von diesem seltsamen Tun nicht abzubringen, wie erbittert der Lehrer und der Arzt ihn auch bei allen möglichen höheren Stellen denunzieren.
Ab und an muß sich allerdings auch ein so energischer Mann wie Herr Pfarrer Saunière erholen. Dann unternimmt er ausgedehnte Wanderungen in der Umgebung von Rennes-le-Château. Gelegentlich ist er bis zu drei Tage unterwegs, und manchmal läßt er sich von seiner Haushälterin begleiten. Wen überrascht es, daß er sich auch zusammen mit seinem Priesterkollegen Henri Boudet aus der Nachbarpfarre zuweilen auf die Wanderschaft macht? Beide geben vor, auf die Jagd zu gehen, was für Priester allerdings eine ungewöhnliche Beschäftigung ist. Zudem versichern die Bewohner der Umgebung, daß während dieser Jagdausflüge niemals Schüsse gefallen seien – wonach also jagten die beiden Pfarrer, die Zufall oder Verschwörung zur Jahrhundertwende in die entlegene Pyrenäengegend verschlagen hatte?
Von Saunières Haushälterin ist übrigens bekannt, daß sie im Januar 1917, unmittelbar nach dem Tod des Abbé, durch das Dorf lief und ständig stammelte: „Mein Gott, mein Gott, nun ist alles verloren, der Pfarrer ist tot ..."
Und desgleichen steht fest, daß Abbé Saunière eines Tages urplötzlich über eine Summe von 25 000 Francs verfügte. Vor allem dieser unerwartete Reichtum führte zu der Spekulation, daß der Herr Pfarrer einen Schatz gefunden habe.

„Viva Angelina" – Ein Katharerpapst wird ermordet

Im übrigen aber drang bis Ende des Jahrhunderts wenig an die Öffentlichkeit, was deren Argwohn gegenüber den beiden Priestern hätte nähren können – abgesehen von einem äußerst beunruhigenden Zwischenfall: Am 5. November 1897 wurde Abbé Gellis, ein Priesterkollege von Boudet und Saunière, in Coustousa erstochen aufgefunden – keine fünf Kilometer von Rennes-le-Château entfernt.

Dieser Mord an ihrem Kollegen muß die beiden Priester, von denen wir annehmen, daß sie die Hüter des Jesusgrabes waren, furchtbar erschreckt haben. Man sagt, daß sie – insbesondere Boudet – von da an sehr ernst und schwermütig geworden seien. Als sie am offenen Grab von Gellis standen, wirkten sie auf Beobachter verstört und „fast ängstlich".

Die Überlieferung spekuliert, daß diese offenkundige Alarmiertheit mit den Ermittlungen gegen Saunière zusammenhängen könnte. In der Tat liegt die Annahme nahe, daß die Tätigkeit der beiden im christlichen Untergrund etwas provoziert hatte, womit sie nicht gerechnet hatten. War mit Gellis womöglich der „falsche" Abbé getötet worden? Sollte eigentlich Boudet ermordet werden oder Saunière?

Von den beiden Priestern war Henri Boudet seinerzeit derjenige, der mit Publikationen an die Öffentlichkeit getreten war. Er hatte bereits Ärger mit seinem Bischof bekommen, möglicherweise auch mit der Kurie im Vatikan. Gab es darüber hinaus noch andere Kreise, die er geärgert hatte? Und versuchten diese Kreise nun auf „italienische" Weise das Schweigegebot durchzusetzen? Mit Gewißheit läßt sich heute wohl keine dieser Fragen mehr beantworten. Aber

Abb. 22: Sogar der Errichtung dieser Gedenktafel für Henri Boudet in seiner Kirche in Rennes-les-Bains ging ein heftiger Streit voraus. Erst durch einen Kompromiß – die gleichzeitige Ehrung des Nachfolgers Rescanières – wurde es möglich, die Tafel in der Kirche anzubringen!

der Verdacht scheint nur allzu begründet, daß der Tod des Abbé Gellis in engem Zusammenhang mit dem Geheimnis stand, das Boudet und Saunière auf ihre Weise hüteten.

Kettenraucher Saunière wurde sogar mit dem Mord in Zusammenhang gebracht, weil man Zigarettenpapier einer von ihm benutzten Marke am Tatort fand. Auf diesem Papierchen standen die mysteriösen Worte „Viva Angelina“.

Die polizeilichen Ermittlungen führten jedoch zu keinem Ergebnis, der Mord blieb ungesühnt. Über das Zigarettenpapier wurde seither viel gerätselt, und viele Schatzsucher sind bis heute der Meinung, daß auch die Worte „Viva Angelina“ eine verschlüsselte Ortsangabe enthielten. Allerdings ist bis heute ungeklärt, ob der Täter dieses Papierchen verloren hatte oder ob sein Opfer im Augenblick des Sterbens dort ein Geheimnis niederschrieb.

Saunière jedenfalls geriet zumindest in den Augen der Bevölkerung, die durchaus nicht mit ihm sympathisierte, durch diesen blutigen Zwischenfall ins Zwielicht. Aus zeitgenössischen Berichten geht hervor, daß er sich unter dem Eindruck der Antipathien, die ihm immer unverhüllter entgegenschlugen, in den folgenden Jahren mehr und mehr verändert habe. Das könnte allerdings auch ein Trugschluß sein. Denn wie wir gleich noch sehen werden, machte sich Saunière nach 1897 daran, einen eigenen „kleinen Papstpalast“ zu erbauen. Seine so auffällige Wesensänderung dürfte sich also sehr viel eher damit erklären, daß Bérenger Saunière als Nachfolger des Abbé Gellis eine so diskrete wie schwindelerregende Karriere machte, die ihn weit über die Sphäre der Normalbevölkerung erhob.

Bleiben wir aber noch einen Moment bei dem Zigarettenpapierchen, das uns einiges erzählen kann. Wir schreiben den Text in eine Templerschablone, wobei unter (A) die Version mit dem Originaltext aufgeführt ist, unter (B) der Text nach Reduzierung des doppelten zu einem einfachen „A“:

(A)	(B)	Schema
V I V	V I V	1 2 3
A A	N A	5 4
N	G	6
G E	L E	8 7
L I N	I N A	9 10 11
A		

Die Version (A) enthält offenkundig einen Buchstaben zuviel; überdies stört das Doppel-„A". Dagegen läßt sich aus Version (B) auf Anhieb einiges herauslesen, was mit den Beteiligten in Zusammenhang stehen könnte. Nach meiner Untersuchung kann man davon ausgehen, daß das Zigarettenpapierchen tatsächlich von Abbé Saunière stammt. Vermutlich hat er seinem Kollegen irgendwann geholfen, einen Text zu verschlüsseln, den Gellis für seinen eigenen Grabstein verwenden wollte.

Lesen wir in Version B, die meiner Meinung nach dem gewollten Sinn der Botschaft entspricht, über die Ecken, so erhalten wir:

von oben nach unten	(1 + 9 +3 + 11)	VIVA
dann	(2 + 4 +5)	IAN
dann	(6 + 7 +8)	GEL
übrig bleibt ein	(10)	N

VIVA IAN GEL N
Es lebe Jean Gellis (N als Kürzel unklar)

N LEG IAN VIVA
N legale Johannes lebt /oder 5151)

Die Zahl erinnert an den Grabstein der Marie de Négris, den wir oben im 4. Kapitel besprochen haben: Dort steht „LI X LI X L“, was man auch als „51 X 51 X 50“ lesen kann.
In den Augen von Unkundigen mag dies wie sinnlose Zahlenspielerei erscheinen. Wenn man aber weiß, daß Katharerpäpste grundsätzlich den Namen „Johannes“ plus Ordnungszahl zu führen haben, dann erschließt sich mit einem Mal die geheime Bedeutung des codierten Textes auf dem Zigarettenpapier:
Vermutlich hat Gellis auf diesem Papierchen die Inschrift für seinen eigenen Grabstein konzipiert – allerdings sicher nicht, weil er gewußt hätte, daß er bald ermordet würde. Sein Grabstein, der dann tatsächlich errichtet wurde, trägt im übrigen die Inschrift „Viva Angelina“ nicht.
Auffällig ist jedoch, daß dieser Grabstein des Pfarrers Gellis – die letzte Ruhestätte des Priesters der bescheidenen Pfarre von Coustousa – alle Merkmale eines Würdenträgers der Katharer zeigt: Eine Templerrosette und darunter der typische Gedenkstein für Katharer erhärten den Verdacht, daß Gellis niemand anderes als der Papst der Katharer war. Aus diesem Grund wurde er vermutlich ermordet, und deshalb wurde wohl auch darauf verzichtet, seinen Grabstein mit dem Spruch „Viva Angelina“ zu verzieren: Höchstwahrscheinlich wollten die Insider alles vermeiden, was irgendeinen Verdacht hinsichtlich der Lebens- und Todesumstände ihres verstorbenen Oberhauptes nähren könnte.

KATHARERPAPST SAUNIÈRE

Nun kommen wir zu einer Schlußfolgerung, die manche der mysteriösen Vorgange um den Pfarrer Bérenger Saunière erklären könnte: Aller Wahrscheinlichkeit nach wurde er als Nachfolger von Gellis zum Katharerpapst gewählt! Das Ritual anläßlich seines Todes im Januar 1917 bestätigt diese Annahme augenfällig:

Abb. 23: L'Abbé Bérenger Saunière: Wurde er nach dem Tod des Abbé Gellis zum neuen Katharerpapst gewählt?

Nach seinem Tod wurde Saunière in einen Stuhl gesetzt, das Gesicht der aufgehenden Sonne zugewandt. Man dekorierte seinen Leichnam mit einem Umhang, an dessen Saum kleine Wollbällchen - einige sagen: Katharerbienen - befestigt waren. Laut Aussagen von Augenzeugen defilierten sodann unbekannte Menschen an seinem Stuhl vorüber.

Wird so der Dorfpfarrer einer bettelarmen Gemeinde beerdigt? Nein, das Ritual, einen Toten in einen Stuhl zu setzen bzw. ihn stehend zu beerdigen, stammt aus alter Zeit und wird (oder wurde) nur bei hohen Würdenträgern ausgeführt. Und der Brauch, das Gesicht des Toten der aufgehenden Sonne zuzuwenden, entstammt eindeutig einem geheimen Ritual für hohe Würdenträger der Katharer.

Die fremden Trauernden im Defilee, so die Augenzeugen, verneigten sich vor Saunière und zupften jeweils eine jener „Bienen" vom Umhang. Den Hintergrund dieses Rituals haben wir oben bereits erwähnt: Hierdurch wies man sich als bei der folgenden Papstwahl stimmberechtigt aus.

Wenn wir der Hypothese weiter folgen, daß Abbé Saunière nach dem Tod von Gellis zum Katharerpapst gewählt wurde, dann erklären sich von nun an seine Schwierigkeiten wie von selbst.

Er muß seinem Bischof erklären, woher er das Geld für seinen Lebensstil, seine Baumaßnahmen und seine Prunksucht hatte. Wie

Abb. 24: Katharerpapst Deodat Roche: Hütete er bis 1977 die Geheimnisse der Täler von Sals und Blanque?

nachträglich errechnet wurde, hat er nachweislich mindestens 193 000 Francs ausgegeben.

Ab 1904 wurde Abbé Saunière hinsichtlich seiner Einnahmequellen vielfach ermahnt, verwarnt und schließlich zum Rapport beim Bischof befohlen. Saunière suchte sein Heil in einer Hinhaltetaktik. So zögerte er die schriftliche Beantwortung der Anfragen seines Bischofs unter verschiedenen Vorwänden immer wieder hinaus. Dann erkrankte er zum festgesetzten Audienztermin, so daß er nicht erscheinen konnte. Schließlich blieb er ohne Entschuldigung der angeordneten Anhörung durch den Bischof fern.

Daraufhin wurde er schließlich diszipliniert: Man verbot ihm, öffentliche Messen zu lesen und das Amt des Priesters in Rennes-le-Château weiter auszuüben. Als seine vorgesetzte Kirchenbehörde am 22. Januar 1909 die Versetzung Saunières nach Coustouge in den Haute Corbières verfügte, kam es zum Eklat: Der Abbé befolgte auch diese Anordnung nicht. Am 1. Februar 1909 trat er zwar vom Amt des Pfarrers von Rennes-le-Château zurück, weigerte sich aber, die Pfarre zu verlassen. Daraufhin wurden in Carcassonne in den Jahren 1910 und 1911 zwei Prozesse gegen ihn angestrengt. Saunière wehrte sich durch eine Eingabe in Rom gegen die Entscheidungen des Bischofs, doch der Dienstweg war zu lang, die Sache verlief im Sande. Währenddessen waren die Vorgänge in Rennes längst zu einer vieldiskutierten Affäre im Süden Frankreichs geworden.

Parallel dazu war auch Henri Boudet, wie oben geschildert, in das Schußfeld seines Bischofs geraten: Auch er wurde gezwungen, als Pfarrer von Rennes-les-Bains zurückzutreten, was er Ende April 1914 auch tat. Waren die beiden Hüter des Grals Anfang dieses Jahrhunderts durch ein geheimes Kirchengericht verurteilt worden? Vieles deutet darauf hin.

Führen wir uns abschließend nochmals die Gründe vor Augen, die Abbé Saunière zu seinem dem Bischof mißliebigen Verhalten bewogen oder teilweise sogar zwangen:

- Als Papst der Katharer war er dem katholischen Papst in Rom zumindest gleichgestellt. Die Katharer erkennen den Papst in Rom nicht an, also steht der Papst der Katharer aus ihr Sicht über dem römischen Pendant.
- Offiziell mußte Abbé Saunière jedoch „seinem" Bischof gegenüber seinen „ketzerischen" Rang verschweigen.
- Auch als Hüter des Grabes Jesu stand er im Rang weit über dem katholischen Bischof von Carcassonne.
- Als Katharerpapst durfte er vor dem Bischof in Carcassonne nicht das Knie beugen, geschweige denn Demut oder Reue bezeugen. Daher mußte Abbé Saunière jede Begegnung vermeiden.
- Als Katharerpapst durfte er auch seine Einnahmequellen gegenüber dem katholischen Bischof nicht offenlegen. Andernfalls hätte er diese Zuwendungen womöglich abführen müssen. Das wiederum war nicht möglich, da es sich um Geld der Katharer handelte und für deren Zwecke verwendet werden mußte.
- Nicht zu vergessen der Charakter dieses Mannes: Das Selbstbewußtsein des Abbé Saunière stand wohl jeder Kompromißlösung im Wege.

EIN SCHATZSUCHER IM PRIESTERROCK

Wie wir inzwischen wissen, war Bérenger Saunière nicht der „große Entdecker“, als welcher er in der Literatur häufig hingestellt wird; diese Ehre gebührt vielmehr Henri Boudet. Dieser und seine unbekannten Hintermänner scheinen Saunière nach Rennes-le-Château lanciert zu haben, nachdem das Grab entdeckt, das Geheimnis zumindest teilweise gelöst worden war. Warum aber war es dann für Henri Boudet so wichtig, einen Priester seines Vertrauens in der Nachbargemeinde zu wissen? Auch mit dieser Frage werden wir uns im weiteren Verlauf dieses Buches noch befassen.
Wer sich heute in das Archivmaterial vertieft, das in den letzten achtzig Jahren über Bérenger Saunière zusammengetragen wurde, der gewinnt den Eindruck, daß sich der junge Priester absichtlich nach Rennes versetzen ließ und seine Arbeiten vor Ort planmäßig vorantrieb. Anhand seiner Unterlagen läßt sich das durchaus nachvollziehen.
Als erstes befaßte er sich mit dem Friedhof seiner kleinen Gemeinde. Der Belegungsplan war völlig veraltet, und so dürfte sich im Sprengel niemand gewundert haben, daß der Herr Pfarrer eine neue Ordnung einführte. Er beschäftigte sich mit der Geschichte der einzelnen Gräber und arbeitete einen neuen Belegungsplan aus. Wohl schon zu dieser Zeit legte er auch die Stätte auf dem Friedhof fest, an der er einst beerdigt werden wollte.
Vor allem aber konnte er während der Erstellung des neuen Belegungsplans unauffällig erforschen, wer seit wann in welchem Grab beerdigt war. So stieß er zwangsläufig auf Grabsteine mit geheimen Botschaften, die nichts mit den Verstorbenen zu tun hatten und die er wohl mit Henri Boudets Hilfe entschlüsselte.
Der Plan für die Belegung der Gräber stammte noch aus der Zeit um 1670, lange vor der Französischen Revolution. Falls in und um

Abb. 25: Der rechte und der linke Sockel des Hauptaltars der Kirche von Rennes-le-Château.

Rennes-le-Château damals irgendwelche weiteren Geheimnisse existiert hatten, die nur mündlich weitergegeben worden waren, dürften sie während der Revolution verlorengegangen sein. Die Adelsfamilien der dortigen Gegend waren um 1790 entweder geflohen oder hingerichtet, die katholische Geistlichkeit in ganz Frankreich aus ihren Pfründen entfernt worden. Der letzte Pfarrer des Ortes wurde – wie alle Geistlichen in Frankreich, sofern sie nicht sofort getötet wurden –, während der Wirren der Revolution in die karibischen Gewürzkolonien Frankreichs deportiert, wo er zwei Jahre darauf verstarb.

Es steht fest, daß sich Bérenger Saunière für diesen Mann auffallend interessierte. Manch einer behauptet heute, jener letzte vorrevolutionäre Pfarrer habe seinem künftigen Nachfolger in der Kirche von Rennes-le-Château doch noch eine geheime Nachricht hinterlassen. Wir wissen nicht genau, ob Bérenger Saunière zuerst diese Nachricht fand und dann den Grabstein der Marie de Négri d'Ables näher untersuchte oder ob er seine Schlüsse aus der Analyse des

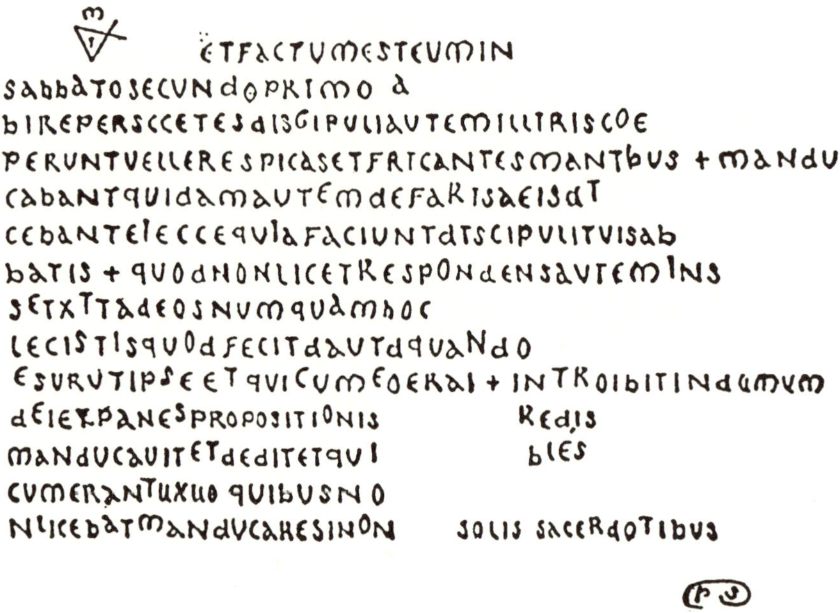
ETFACTUMESTEUMIN
SABBATOSECUNDOPRIMO A
BIREPERSCCETESDISCIPULIAUTEMILLIRISCOE
PERUNTUELLERESPICASETFRICANTESMANIBUS + MANDU
CABANTQUIDAMAUTEMDEFARISAEISDT
CEBANTEIECCEQUIAFACIUNTDISCIPULITUISAB
BATIS + QUODNONLICETRESPONDENSAUTEMINS
SETXTTADEOSNUMQUAMHOC
LEGISTISQUODFECITDAUIDQUANDO
ESURIITIPSEETQUICUMEOERAT + INTROIBITINDOMUM
DEIETPANESPROPOSITIONIS REDIS
MANDUCAUITETDEDITETQUI BLES
CUMERANTUXUO QUIBUSNO
NLICEBATMANDUCARESINON SOLIS SACERDOTIBUS

Abb. 26: Texte mit frommen Bibelzitaten bilden die Grundlage für die Übermittlung von Geheimnissen.

Friedhofs und des auffälligen Grabsteins zog. Jedenfalls ist verbrieft, daß Saunière sofort mit der Suche nach einem „Schatz" begonnen habe, und zwar in seiner Kirche. Das war nicht weiter auffällig, denn als Dorfgeistlicher konnte er jederzeit ungestört in seiner Kirche tun und lassen, was er wollte.

Dort beschäftigte er sich als erstes mit dem Hauptaltar – so zielsicher, daß wir folgern müssen, er habe zuvor die geheime Botschaft auf dem Grabstein der Marie de Négri d'Ables dechiffriert. Er nahm den Altar auseinander, der aus zwei sehr alten keltischen Stelen bestand (s. Abb. 25), schob den Altartisch zur Seite und entdeckte in einer der Stelen einen Hohlraum. Dieser enthielt einen sorgfältig verschlossenen ledernen Köcher, in dem sich Pergamentrollen befanden: Abbé Saunière hatte geheime Dokumente der Templer gefunden (s. Abb. 26).

Einer dieser Texte ist eine scheinbar unverfängliche Schrift, eine Mischung aus Inhalten des Neuen Testaments.

Lukas VI, 1-4:

„Und es begab sich an einem Sabbat, daß er durchs Getreide ging; und seine Jünger rauften Ähren aus und aßen und rieben sie mit den Händen.
Etliche aber der Pharisäer sprachen zu ihnen: Warum tut ihr, was sich nicht ziemt zu tun an den Sabbaten?
Und Jesus antwortete und sprach zu ihnen: Habt ihr nicht gelesen, was David tat, da ihn hungerte und die mit ihm waren?
Wie er zum Hause Gottes einging und nahm die Schaubrote und aß und gab auch denen, die mit ihm waren; die doch niemand durfte essen als die Priester allein?“

Der nächste Text scheint von den Templern so gewählt worden zu sein, daß er an die Lukas-Verse anknüpft:

Matthäus XII, 5-6:

„Oder habt ihr nicht gelesen im Gesetz, wie die Priester am Sabbat im Tempel den Sabbat brechen und sind doch ohne Schuld?
Ich sage euch, daß hier der ist, der auch größer ist denn der Tempel.“

Markus II, 26-27:

„Wie er (David) ging in das Haus Gottes zur Zeit Abjathars, des Hohenpriesters, und aß die Schaubrote, die niemand durfte essen denn die Priester, und er gab sie auch denen, die bei ihm waren?
Und er sprach zu ihnen: Der Sabbat ist um des Menschen willen gemacht, und nicht der Mensch um des Sabbats willen.“

Wer diese Texte ohne Hintergrundwissen liest, wird schwerlich auf die Idee verfallen, daß sie geheime Botschaften enthalten könnten. Vergegenwärtigen wir uns jedoch den Kontext – das Grab Jesu, die Schätze, die für den Tag seiner Wiederkehr deponiert sind –, dann können wir, ohne umständlich zu entschlüsseln, erahnen, worum es in den von den Templern kombinierten Texten auf einer geheimen Subebene geht:

- Darf man etwas Bestimmtes tun (das Grab/Haus Jesu betreten) oder nicht? Die Frage ist versteckt in der Geschichte um den Sabbat, den Tag, an dem keine Arbeit verrichtet werden darf. Und die Antwort läßt man Jesus selbst geben: „Ja, man darf, wenn es notwendig ist."
- Darf man etwas von dem deponierten Schatz wegnehmen? Hier überläßt man Jesus und David die Antwort: „Ja, man darf, wenn man hungrig ist" (also dringend von dem Schatz etwas benötigt).

Zusammenhänge wie die hier angedeuteten werden jedoch von den Forschern vor Ort nicht gesehen. Überwiegend vertreten sie die Ansicht, daß sich Saunière ausschließlich auf die Wiederentdeckung verborgener Wertgegenstände konzentriert habe. Grals- und Schatzsucher oder Bibelkundige haben, je nach Anliegen, diese und andere noch greifbare Dokumente in den letzten Jahrzehnten immer wieder analysiert – vergeblich, denn diese Texte enthalten, das dürfte feststehen, keine Hinweise auf geheime Schatzverstecke. Doch ebenso dürfte annähernd feststehen, daß Saunière im Altarsockel ein bis heute unbekanntes Pergament entdeckte, daß tatsächlich auch Hinweise auf „das" Geheimversteck enthielt. Das Verhalten, das der Abbé nach seiner Durchsuchung der Stelen an den Tag legte, nötigt förmlich zu dieser Schlußfolgerung.
Das betreffende Geheimversteck schien indes nicht in Rennes-le-Château zu liegen – womit im übrigen erklärt wäre, warum Saunière

just nach der Untersuchung der Stelen eine Neigung zu ausgedehnten Wanderungen in der Umgebung von Rennes-le-Château entwickelte.

DER SCHLÜSSEL ZUM GRAB JESU

Den Dorfbewohnern muß es so erschienen sein, als fühle sich ihr energischer junger Pfarrer durch seine seelsorgerischen Pflichten nicht ausgelastet: Fortan streift er mit seinem Rucksack tagtäglich durch die Gegend. Nicht selten bricht er in der Morgendämmerung auf und kehrt erst bei Sonnenuntergang zurück.
Später geht er sommers wie winters auf die Jagd. Im Winter bewegt er sich sogar auf Skiern voran, als müsse er ungeachtet der Schneemassen eine beträchtliche Strecke zurücklegen. Und wozu benötigt er seinen bald schon sprichwörtlichen Rucksack? Die offizielle Erklärung lautet, daß Bérenger Saunière in seinem Rucksack Gesteinsproben nach Hause bringe, weil er sich bemüßigt fühle, die Heimat zu erforschen.
Sehr viel wahrscheinlicher als diese treuherzige Erklärung dürfte jedoch sein, daß sich der Abbé bei diesen Ausflügen regelmäßig mit Henri Boudet traf und in seinem Rucksack nicht Gesteinsproben transportierte, sondern Wertgegenstände aus einem der Geheimdepots.
Kommen wir nun aber auf die weiter oben gestellte Frage zurück: Warum legte Henri Boudet, der eigentliche „Entdecker“ des Schatzes, so großen Wert darauf, die Kirche von Rennes-le-Château mit einem eingeweihten Kollegen besetzt zu sehen? Die Antwort liegt nahe: weil sich in der dortigen Kirche – oder ihrer nächsten Umgebung – irgendein Puzzleteil befand, das Boudet und seinen Hintermännern noch fehlte.

Nach einer Überlieferung lautet die geheime Botschaft des letzten vorrevolutionären Pfarrers von Rennes-le-Château, die Bérenger Saunière anscheinend gefunden hat:

> „Bläuliche Uferböschung zurücktritt
> und den Himmel vorenthält.
> Hervorgeht ein Fußpfad.
> Der Schlüssel ist nicht bewacht
> seit 1681 [1361] durch die Templer.
> Ich habe hinter dem Hochaltar hinterlassen, was von mir ausgeräumt wurde.
> Mit einem Kreuz sind gekennzeichnet die Äpfel [oder Knöpfe].“

Anmerkung: Die Jahreszahl ist nicht eindeutig zu entziffern, da die 3 eine schlecht geschriebene 8, die 6 eine auf dem Kopf stehende 9 sein kann. Daher sind auch folgende Jahreszahlen möglich:

- 1931 (das ist nicht plausibel, denn das Jahr 1931 liegt aus der Sicht des Pfarrers in der Zukunft),
- 1631 oder
- 1681.

Da sowohl rechts- als auch linksdrehend gelesen werden kann, kommen des weiteren in Betracht:

- 1361 und
- 1391.

Letztere Jahreszahlen könnten sich auf die Templerkommandaturen Le Bezu und St. Juste sowie auf die fünf Ritter beziehen, von denen an anderer Stelle schon die Rede war.

Interessant sind indes weniger diese Jahreszahlen als der Hinweis auf einen „Schlüssel“. Gibt oder gab es einen realen Schlüssel, mit

dem man etwa einen Sicherungsmechanismus innerhalb der Grabanlage Jesu ausschalten kann oder konnte? Vieles spricht heute für diese Annahme. In diesem Fall aber hätten die Tempelritter seinerzeit eben einen Schlüssel und nicht das Grab selbst bewacht. Dieses nämlich scheint, sofern man die Sicherungsanlage nicht ausschalten kann, uneinnehmbar geschützt zu sein.
Lassen Sie uns noch einige Schritte weiter spekulieren:

- Saunière entdeckt (durch Zufall oder gelenkt durch Henri Boudet) die Templerdokumente im Altar seiner Kirche.
- Aus den Dokumenten oder aus Hinweisen seines vorrevolutionären Vorgängers erfährt er, daß in dieser Kirche oder in der Umgebung der Schlüssel (im Sinn des Wortes) zum Sicherungsmechanismus des Grabes Jesu hinterlegt ist.
- Henri Boudet kennt den Zugang zum Grab, hat aber nicht den Schlüssel - daher sein dringendes Interesse, einen Mann seines Vertrauens in die Pfarre Rennes-le-Château zu schicken: Er könnte gewußt oder geahnt haben, daß dort der Schlüssel verborgen ist.
- Tatsächlich findet Bérenger Saunière diesen Schlüssel in seiner Kirche oder auf dem Kirchengelände. Erst jetzt ist Boudet am Ziel, denn nun können beide die Grabanlage betreten.
- Nach seinen Funden vernichtet Saunière alle Dokumente, die auf das bisherige Versteck des Schlüssels hinweisen, denn diese Hinweise treffen nun nicht mehr zu.
- Er hat den Schlüssel irgendwo anders deponiert und muß nun seinerseits hinterlassen, wo sich dieses Versteck befindet. Das verlangt von ihm nicht nur die Tradition, die sich durch die Jahrhunderte zieht, ich vermute überdies, daß in der Grabanlage selbst ein Hinweis zu finden ist, der vom Besucher diese Sicherungsmaßnahme verlangt.
- Und just diese Pflicht hat Abbé Saunière auch erfüllt, wie wir im Abschnitt „Der Magdalaturm" sehen werden.

WIE KÖNNTE DER „SCHLÜSSEL“ ZUM JESUSGRAB AUSSEHEN?

Vergegenwärtigen Sie sich den Rucksack, den Saunière stets bei sich trug und der ihm so wichtig war, daß er ihn sogar im Fresko seiner Kirche, zu Füßen Jesu, malen ließ. Ist jener kugelförmige, einem Kopf ähnelnde Gegenstand, der in den Konturen des Rucksacks sichtbar wird, der gesuchte Schlüssel?

Meiner Meinung nach ja! Wir dürfen hierbei nicht an einen herkömmlichen Schlüssel denken. Das wäre ein zu leicht zu knackender Sicherheitsmechanismus; überdies bestünde die Gefahr, daß das Schloß verrostet oder der Bart des Schlüssels abbricht. Sehr viel wahrscheinlicher ist es doch, daß man als Schlüssel eine Art Gewicht wählte, das an einer bestimmten Stelle eingeworfen oder eingepaßt werden muß, um einen Hebelmechanismus in Gang zu setzen: Hierdurch wird die Sicherungsmechanik - beispielsweise eine Überflutungsanlage - außer Kraft gesetzt, so daß man den Zugang ohne Lebensgefahr betreten kann.

Halten wir fest:

- Wir wissen heute nicht genau, ob Saunière gemeinsam mit Boudet die Grabanlage betreten oder als Einzelgänger operiert hat.
- Durch seinen Bruder Edmond muß Henri Boudet den Zugang zur Grabanlage Jesu gekannt haben. Doch ein Problem war anscheinend noch zu lösen, und dazu brauchte er die Hilfe eines Kollegen, der in Rennes-le-Château unauffällig suchen konnte.
- Denn die Lösung dieses Problems lag offenbar in der Kirche von Rennes-le-Château oder deren nächster Umgebung. Das fehlende Teil könnte eine Art Schlüssel zur Grabanlage Jesu gewesen sein.

- Die Wanderungen Saunières könnten zum einen zu unauffälligen Treffen mit Henri Boudet gedient haben, mit dem er sich bezüglich der gemeinsamen Erforschung der Grabanlage absprach, zum anderen der Lösung technischer Probleme im Zusammenhang mit dem Zugang zur Grabanlage oder dem Aufenthalt dort.
- In seinen später verfaßten verschlüsselten Botschaften warnte Bérenger Saunière eindringlich vor unbesonnenem Betreten der Anlage.
- Abbé Saunière hat die alten Dokumente vernichtet, was im ersten Moment wie ein Frevel erscheint. Dafür hat er jedoch neue Dokumente hinterlassen – diesmal in Stein, z.B. in seiner Kirche, in seinem Magdalaturm und in seinem Garten, aber auch (gewollt oder ungewollt) in Form eines beschriebenen Zettels, dem wir uns nun zuwenden wollen.

Y	E	N	S	Z	N	U	M	G	L	N	Y	Y	R	F	V	H	E	N	M	Z	F
P	•	S	O	T	+	P	E	C	H	E	U	R	+	A	+	L	’	E	M	B	Z
V	O	U	C	H	U	R	E	+	D	U	+	R	H	O	N	E	,	S	O	N	Z
U	P	O	I	S	S	O	N	+	S	U	R	+	L	E	+	G	R	I	L	+	F
L	D	E	U	X	+	F	O	I	S	+	R	E	T	O	U	R	N	A	.	U	D
R	N	+	M	A	L	I	N	+	S	U	R	V	I	N	T	+	E	T	+	X	H
R	X	V	+	F	O	I	S	+	L	E	+	G	O	U	T	A	+	•	C	U	Z
T	I	T	.,	I	L	+	N	E	+	L	U	I	+	R	E	S	T	A	+	Q	V
K	U	E	+	L	’	A	R	E	T	E	.	+	U	N	+	A	N	G	E	+	T
N	V	E	I	L	L	A	I	T	+	E	T	+	E	N	+	F	I	T	+	U	Q
Y	N	P	E	I	G	N	E	+	D	’	O	R	.	B	.	S	.	C	U	R	H
O	V	T	S	V	K	Y	R	M	S	T	I	J	P	Z	C	K	P	F	X	K	A

Abb. 27: Reproduktion des einzigen authentischen Dokuments einer Verschlüsselung, vorgenommen von Abbé Bérenger Saunière.

JESVSEVRGOANTEESEXDATYESPASCSHAEVENJTTBETHQANIAMVRAT
JVERAOTLAZA.VVSMORTYVVSQVEMMSVSCTYTAVITIYESVSFEACERVNT
.LAVTEM.TTCAENAPMTBTETOMARTHAHMINISTRRABATLBASARVSO
VEROVNXVSERATTE.DISCOUMBENTATLVSCVJMMARTALERGOACHCEP
TTLRTHRAMYNNGENTTJNARATPFTSTTCIQPRETIOVSTETVNEXTTPE
DPESTERVAETEXTESRSTICAYPIIRTSHSVISPEPDESERTPTETAOMBESTM
YLFITAESTEEXVNGEINTTODAEREDIXALTERGOVRNVMEXAGTSCIPVLI
TSETVIXTVDAXSCARIORTISQVIYERATEVHMIRADITTVRVSQTVAREHOSCVN
BENVIVMNONXVENVITGRECENPATSDENARVSETADATVMESGIE
GENTESTDIXITNVTEMHOECNONQVSTADEEGAENTSPERRTINEBEAT
ADEVTMSEDQVHINFVREIRTETLOVCVIOSHCAHENSEEAQVAEMVTTIEBA
NMTVRPOTRABETEATXTTEJRGOIESHVSSINEPILLAMVNITXAIERMS
EPVLGTVRAEMSEAESERVNETILLQVAPAVPJERESENHIMSEMPGERHA
BEMTTSNOBLTISCVMFMEAVIETMNONSESMPERHAVBENSCJOGNO
VILTEROTZVRBAMVQLTAEXTMVDACISTQVIATLOLTCESTXETVENE
ARVNTNONNPROTERRTESVMETANTVMMSEDVTLVZARVMPVTDER
EHNTQVEMRSVSCTAOVITAMORRTVTSCPOGTTAVERVNTAHVTEMP
RVTNCTPEJSSACERDOTVMVMTETLAZARVMTNATERFICTRENTQ
LVTAMVLVTTPROPQTERTLRXVMABTBGNTEXVGTAAETSNETERED
DEBANTINIESVM

N
NO IS

JÉSV. MEDÈLA. VVLNÉRVM + SPES. VNA. PŒNITENTIVM.
PER. MAGDALENÆ. LACRYMAS + PECCATA. NOSTRA. DILVAS.

Abb. 28: Reproduktion eines Original-Templerdokuments.

SAUNIÈRES VERSCHLÜSSELTE BOTSCHAFTEN

Im folgenden sind die wichtigsten Hinweise von Bérenger Saunière für die künftige Generation der Gralshüter wiedergegeben. Die hier zitierten Texte entstammen mehreren Dokumenten, die ich nach Themenschwerpunkten geordnet habe. Halten wir aber fest, daß Saunière – möglicherweise aufgrund des um die Jahrhundertwende zwischen Boudet und ihm abgesprochenen Vorgehens – den genauen Eingang zum Grab Jesu nicht beschreibt. Dafür schildert er die Landschaft und die Umgebung des Zugangs zum Grab und deutet an, wo er den Sicherheitsschlüssel hinterlegt hat.

Abbé Saunière schreibt,

> „daß man den Eingang (zu einem nicht genau beschriebenen „Etwas") findet, wenn man sich um 14 Uhr in einem Tal befindet, dessen Hänge im Schatten liegen. Dadurch erscheinen die Hänge leicht bläulich."

Das heißt für uns: Durch die besondere Form der Böschung und der Talenge ist der Himmel kaum zu sehen. Trotzdem fällt um 14 Uhr die Sonne auf einen Menhir.
Durch die Schattenbildung erkennt man, so Abbé Saunière weiter,

> „einen Stein, auf dem die Konturen des Gesichts eines alten Mannes zu erkennen sind".

Wenn man diesen Stein ausgemacht hat, soll man sich die Stelle merken, die das rechte Auge bildet.
Nun soll man oberhalb dieses imaginären Auges durch einen sehr kräftigen Stoß/Druck Zugang verschaffen.
Sodann steigt man auf einer Steintreppe 17 Stufen hinab.

Abbé Saunière warnt den Abenteurer davor, sich unvorsichtig in diesem Abstieg zu bewegen:

> „Die Stufen sind glitschig. Danach geht es wieder dieselbe Zahl von Stufen hinauf."

Diese Warnung sollte man unbedingt ernst nehmen: Es besteht in diesem Augenblick aufgrund eines Schutzmechanismus höchste Lebensgefahr.
Wenn Abbé Saunière von 17 Stufen spricht, kann dies bedeuten, daß die ersten 17 Stufen ohne Gefahr begangen werden können – dahinter beginnt das Wirkungsfeld z.B. einer Überflutungsanlage, die den unbefugten Eindringling in dem Treppenschacht ertränkt.
Saunière weiter:

> „In der ersten Etappe des Zugangs ist der Schutzmechanismus eingebaut. Der Zugang füllt sich schlagartig mit Wasser."

Untersuchungen der Umgebung haben ergeben, daß aus dem Berghang zwei Quellen entspringen. Eine davon ist stark eisenhaltig: Die Quelle sieht „rostig" aus. Eine mögliche Ursache könnte der von den Templern eingebaute Mechanismus sein, der den äußeren Zugang zur Anlage in unregelmäßigen Abständen überflutet – nach meiner Entschlüsselung der Botschaft Saunières in Abständen von höchstens zwanzig Minuten!
Es gibt sogar Details über diesen Mechanismus zu berichten, die sich in anderen Dokumenten finden und nun zuordnen lassen. So dient die eine der Wasserquellen als eine Art Antrieb für ein einfaches System, das störungs- und wartungsfrei *„ständig Wasser nach oben fließen läßt"*, also für eine Art Pumpe. Die andere Quelle liefert das Wasser, das in drei große runde Behälter gelangt. Durch einen so simplen wie unverschleißbaren Mechanismus entleeren sich die drei Behälter, und das Wasser stürzt mit großer Gewalt in die Tiefe. Folglich müssen wir annehmen, daß der Druck durch die Gewalt

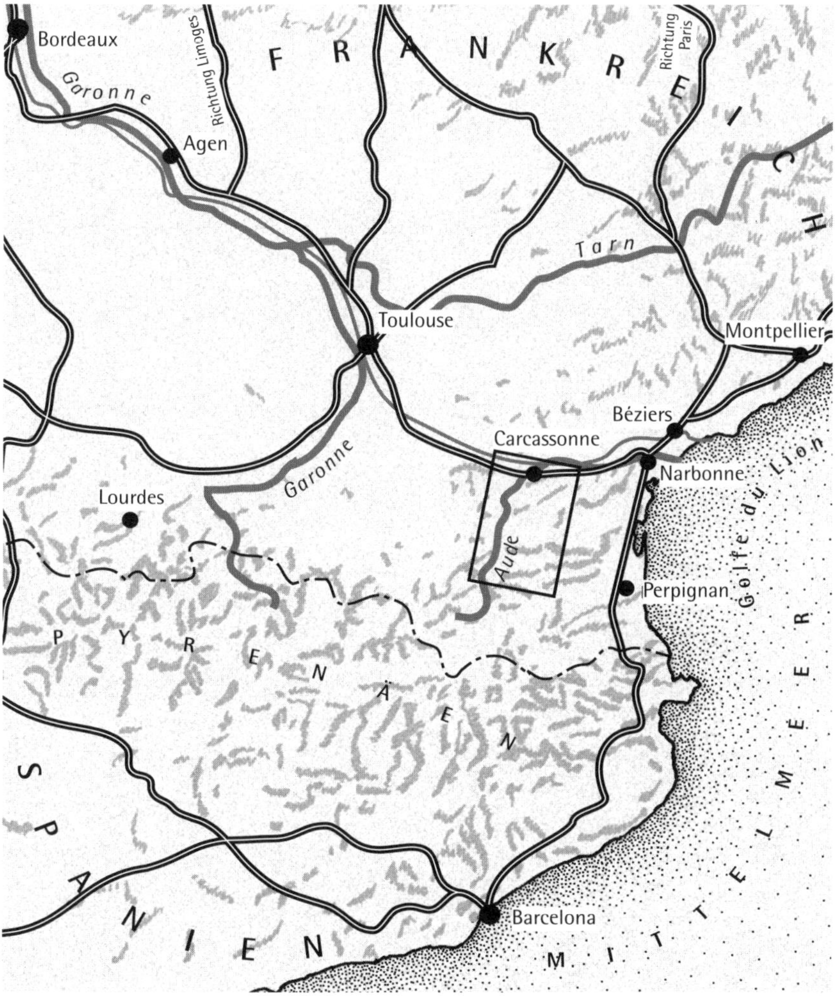

Abb. 29: Hier befindet sich nach der Beschreibung von Bérenger Saunière der Gralsberg von Rennes-les-Bains.

des Wassers für den Eindringling lebensgefährlich wäre, selbst wenn man mit Sauerstoffgeräten und einer Taucherausrüstung den Eingang betreten würde.

Erinnern Sie sich an die Geschichte, die ich weiter oben erzählt habe: Angeblich hatten die Templer im 13. Jahrhundert fremdländische (vermutlich deutschsprachige) Bergleute in die Gegend gebracht. Diese, so die Überlieferung, seien täglich mit verbundenen Augen an einen geheimen Ort geführt worden, wo sie fast ein Jahr lang gearbeitet hätten. Keiner von ihnen durfte mit der Bevölkerung sprechen, und ohnehin hätten sie sich schwerlich verständigen können, da sie eine fremde Sprache sprachen. So wie sie gekommen waren, von heute auf morgen, seien die Bergleute eines Tages wieder verschwunden.

Kombinieren wir diese Geschichte mit unseren Erkenntnissen und Vermutungen zum Sicherungsmechanismus in der Grabanlage, so liegt die Folgerung nahe: Jene Bergleute bauten einst unter Anleitung der Templer die Überflutungsanlage, die anscheinend bis heute den Zugang zum Jesusgrab sichert.

Nach dem Abzug der Bergleute blieben fünf Ritter des (zerschlagenen) Templerordens im Aude-Tal zurück. Angeblich waren sogar bis ins 15. Jahrhundert hinein (von Spanien aus) mindestens fünf Ritter in der Nähe zur Bewachung stationiert. Ihre Aufgabe war unklar, sie blieb für alle Zeiten geheim – doch wir können nun zumindest erahnen, worin ihre Mission bestand.

DER ZUGANG ZUR GRABANLAGE – ZWEI HYPOTHESEN

Wie vermochten Bérenger Saunière und Henri Boudet in die so strikt gesicherte Grabanlage einzudringen? Hierzu möchte ich zwei Hypothesen entwickeln, die in den nächsten Jahren nachzuprüfen sind.

HYPOTHESE 1:

Der Mechanismus funktioniert nicht mehr hundertprozentig, zumindest nicht in den regenarmen Jahreszeiten. Möglicherweise ist das der Grund, warum Bérenger Saunière so gern auf Skiern wanderte.

HYPOTHESE 2:

In den Papieren, die Saunière in Rennes-le-Château fand, stand geschrieben, wie man den Mechanismus umgehen bzw. ausschalten kann. Das wäre die Hypothese mit dem Schlüssel.

Ich tendiere zu Hypothese 2, denn nach allem, was wir wissen, hat Bérenger Saunière die Anlage vielfach betreten. Er muß also über eine verläßliche, zu jeder Zeit funktionierende Methode verfügt haben, um den Sicherungsmechanismus auszuschalten.

DAS INNERE DER GRAB-ANLAGE JESU

Hier die restlichen Hinweise von Abbé Saunière an seine Erben aus einer künftigen Generation, die es ihm gleichtun werden.
Nach Erwähnung jener 17 Stufen schreibt er,

> „daß man in einen runden Raum gelangt. In der Mitte dieses Raums steht ein steinerner Tisch."

Dieser Tisch spielt irgendeine Rolle, über die sich Bérenger Saunière jedoch ausschweigt; zumindest konnte ich den Anschluß an diese Sequenz nicht finden.
Vorsicht ist also geboten: Ich könnte mir vorstellen, daß dieser Tisch zu einer weiteren Sicherheitsvorkehrung gehört!

„In dem runden Raum befinden sich Nischen, (oder Vertiefungen). Hier sind Juwelen, Geschmeide, Gold und Silbergegenstände abgelegt."

„... derjenige, der legal (d.h. nach den Regeln der Kunst) diesen runden Raum betreten hat, ist berechtigt, von den hier abgelegten Schätzen für sich, für seine Umgebung und für die Armen seiner Zeit soviel zu entnehmen, wie er auf einmal wegtragen kann."

Ich interpretiere diesen Text so, daß ein Besucher, der wiederholt eindränge, um Schätze wegzuschleppen, als Frevler angesehen würde. Denken Sie bitte an das Templermanuskript, in dem die neutestamentarische Geschichte mit den Schaubroten erzählt wird: Indirekt heißt es dort, daß man sie (lediglich dann) essen darf, wenn man hungrig ist.

Schließlich haben die im Grabmal deponierten Schätze ihren klar definierten Zweck, den Bérenger Saunière gleichfalls beschreibt:

„All die Schätze, die hier abgelegt sind, dienen dazu, die Hauptsache zu schützen."

Und nun plaudert Bérenger Saunière das eigentliche Geheimnis aus:

„In diesem Raum befinden sich zwei Türen *(Tore, Steinblöcke o.ä.)*. Man erkennt es sofort, wenn man dort ist. Jeder, der sich legal in diesem Raum aufhält, wüßte, was er nicht tun darf!"

Überzeugt, aber auch beschwörend fährt der Abbé fort:

„Niemand wird es tun!"

Nun beschreibt er in Kürzeln, ohne etwas direkt auszusprechen, daß sich

> „hinter einer der Türen das Grab und hinter der anderen Tür der Schatz befindet, hinterlegt für die Zeit der Gründung seines neuen Königreichs, wenn er wiedergekommen ist".

Und er erläßt eine Schlußanweisung:

> „Der Besucher hat mit den legal entnommenen Werten alles zu tun, um den Zugang erneut so zu sichern, daß er nicht aufgefunden werden kann, und die Botschaften, die in diesem Raum hinterlegt sind, zu befolgen. Für jeden Besucher und seine Zeit, in der er lebt, ist eine Anweisung hinterlegt, was die Betreffenden zu tun haben."

Abbé Saunière selbst scheint diese Anweisungen befolgt zu haben:

- Er baute seiner armen Gemeinde eine Straße.
- Er sicherte gemeinsam mit Boudet die Grabanlage.
- Er hinterließ in seiner Kirche durch Inschriften (in Schriftform), durch die Anlage des Kalvarienbergs (durch die Bauweise) und durch den Magdalenenturm (in Stein) die Beschreibung sowie Hinweise für den künftigen Besucher des Grabes Jesu.

Mit diesem Hintergrundwissen versehen, sollten wir uns nun die Kirche und den Kalvarienberg bzw. die katharerpäpstliche Residenz in Rennes-le-Château genauer ansehen.

DIE GEHEIMNIS-VOLLE KIRCHE DES ABBÉ SAUNIÈRE

Im Zuge des Umbaus seiner Kirche ließ Abbé Saunière eine Fülle religiöser Zitate an der Fassade und im Innern anbringen. Auch als Inschriften über dem Hauptportal zur Kirche Maria Magdalenas wählte er unverfängliche Worte, die scheinbar allein ihrer frommen Botschaft halber dort eingraviert wurden. Zum Beispiel finden wir dort den Wahlspruch von Leo XIII.:

LUMEN IN COELO

oder:

DOMUS MEA ORATIONIS VOCABITUR
TERRIBILIS EST LOCUS ISTE

Abb. 30: Hat Abbé Saunière den Haupteingang seiner Kirche mit einer versteckten Beschreibung des Zugangs zum Jesusgrab versehen?

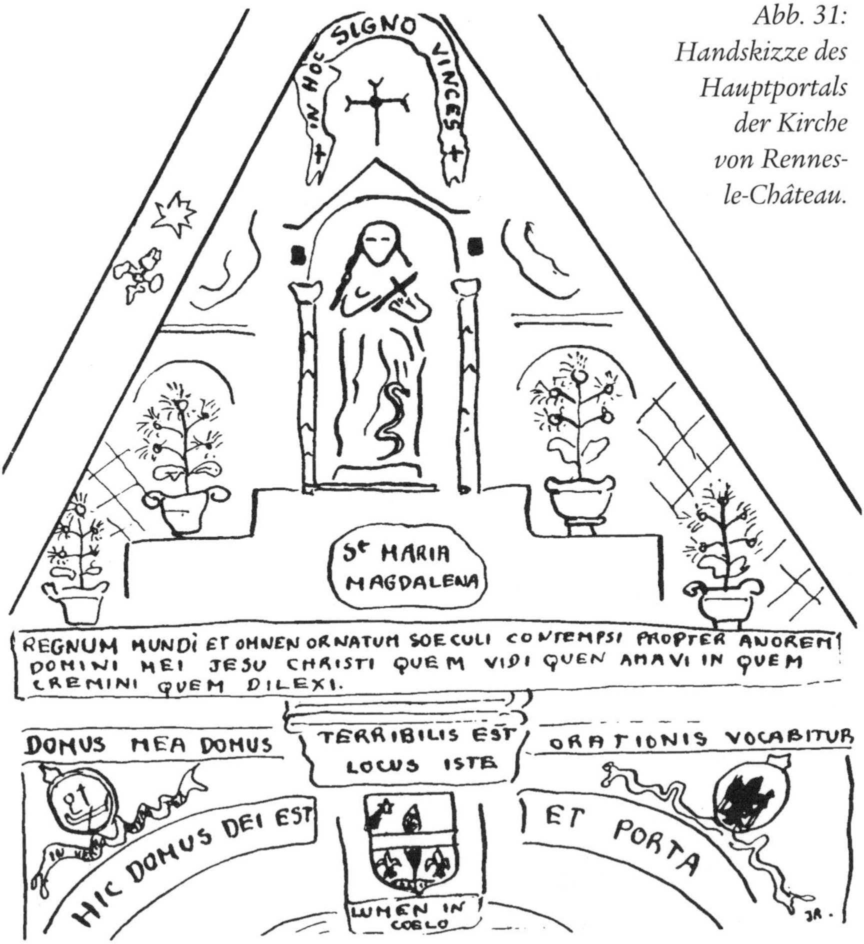

Abb. 31: Handskizze des Hauptportals der Kirche von Rennes-le-Château.

Doch die Auswertung aller frommen Zitate in der Kirche des Abbé Saunière fügt sich zu einem versteckten Bericht über die Grabanlage Jesu. Erst im „inneren Wort" dieser Texte wird klar, warum Saunière gerade diese Kombination von Zitaten gewählt hat. Auffällig ist des weiteren die Anordnung der Texte, beispielsweise am Hauptportal der Kirche. Dem Bibel- und Sprachkundigen fällt

Abb. 32: Gesamtansicht des Hauptaltars der Kirche von Rennes-le-Château nach der Umgestaltung durch Abbé Saunière.

Abb. 33: Auffällig ist das Gemälde im unteren Teil des Hauptaltars.

sofort ins Auge, daß fast alle Zitate Fehler aufweisen, und zwar sowohl inhaltlicher als auch orthographischer Art. Eine Erklärung hierfür ist, daß Abbé Saunière Zugeständnisse an die Schablonentechnik der Templer machen mußte, damit seine Botschaft gelesen werden konnte.

BILDLICHE BOTSCHAFTEN FÜR EINGEWEIHTE

Noch etwas sticht ins Auge, wenn man die Gemälde genau betrachtet, die Abbé Saunière für seine Kirche in Auftrag gab: Stets paßt irgendein Detail nicht zum Gesamtbild. Der Bibelkundige entdeckt diese kleinen „Fehler" auch in den Motiven der Kreuzwegstation (s. Abb. 35–38).
Am besten erkennt man diese Methode, geheime Botschaften in die Bildinformationen einzuschmuggeln, am Fresko von der

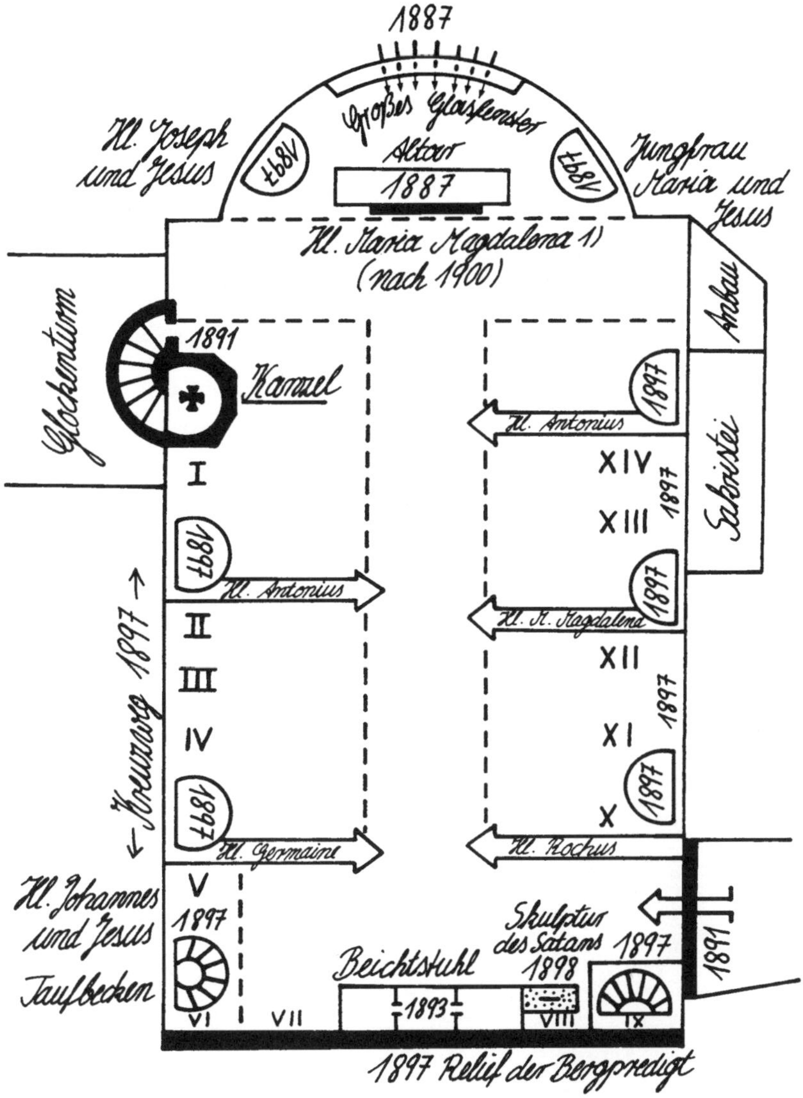

Abb. 34: Skizze der Kirche von Rennes-le-Château mit den Jahreszahlen der Umgestaltung in der Ära Saunière.

Abb. 35–38: Diese Gemälde mit Kreuzwegstationen ließ Abbé Saunière bei der Umgestaltung der Kirche anbringen. Auch sie enthalten versteckte Hinweise für Bibelkundige.

Abb. 39: Das Bergpredigt-Fresko aus der Kirche des Abbé Saunière.

Bergpredigt (s. Abb. 39): Das Bild zeigt Jesus, von etlichen Gestalten umringt. Zu seinen Füßen befindet sich der Rucksack, den Abbé Saunière auf seinen Wanderungen benutzte. Daß der Regenbogen, unter dem die Gruppe steht, reine Templersymbolik ist, sollte uns nicht verwundern; auf den Unkundigen wirkt er allerdings wie gefällige Dekoration. Niemand ist in der Lage zu erklären, was der Rucksack in dieser biblischen Darstellung zu suchen hat. Was hat er, ein Modell aus der Zeit der Jahrhundertwende, dort verloren? Sicherlich hat keiner der Begleiter Jesu einen solchen Rucksack getragen. Mit etwas Phantasie kann man darin aber einen runden Gegenstand, eine Kugel oder sogar die Konturen eines Kopfes erkennen. Handelt es sich um den berühmten sprechenden Kopf der Templer, den Philipp der Schöne 1314 von den Großmeistern der Templer erpressen wollte? Falls diese Vermutung zutrifft,

befand sich Abbé Saunière im Besitz des Grals, den er gelegentlich in sein Haus mitnahm. Wenn es sich jedoch bei dem fraglichen Gegenstand um eine Steinkugel handelt, dann enthielte der Rucksack den „Schlüssel" zum Ausschaltmechanismus der Sicherungsanlage in der Grabkammer Jesu. Im Zusammenhang mit dem Bild Jesu in der Kirche wirken beide Annahmen plausibel.
Eine alte Prophezeiung der Katharer, die den Gral bis 1245 gehütet hatten, besagt, daß der geheime Sinn des Grals nach rund 800 Jahren aus dem Untergrund wieder in das Bewußtsein der Öffentlichkeit kommen und dann auch verstanden werde.
Akzeptieren wir diese Prophezeiung, dann müssen wir auch akzeptieren, daß sich dies erst um das Jahr 2045 ereignen wird. Es wird demnach noch 50 Jahre dauern, bis eines der großen Geheimnisse der Christenheit umfassend geklärt, also der gesamten Öffentlichkeit bekannt ist.
Wir sollten jedoch davon ausgehen, daß es bereits in unserer Zeit Eingeweihte gibt, die wissen - und schweigen; darunter sicher auch einige Wissende, die sich aus kirchenpolitischen Gründen in den Purpur des Schweigens hüllen. Wir müssen uns in kleinen Schritten einem neuen „Bewußtsein" nähern, in dem kein Platz mehr für dieses Schweigen ist - weder für jene Diskretion, die manche um des eigenen Vorteils willen wahren mögen, noch für ein Schweigen, das nur aus dem engen Blickwinkel der zeitverhafteten Politik geboten scheint.
Einen ersten Schritt haben die Priester Boudet und Saunière aus dem oberen Tal der Aude getan, als Boudet die Koordinaten für den Einstieg und Saunière die Besonderheiten der Baulichkeit öffentlich - wenn auch verdeckt - dokumentierten. Ich bin überzeugt, daß die beiden Priester diese Arbeitsteilung vereinbart hatten. Dies haben sie vermutlich auch in Dokumenten hinterlegt, die allerdings bis heute, trotz aller Recherchen, noch nicht entdeckt worden sind.
Den zweiten Schritt vollziehen Sie, liebe Leser, soeben gemeinsam mit mir: die Zusammenführung der Arbeiten von Boudet und

Saunière. Wann der nächste Schritt erfolgen wird und wer ihn gehen (können) wird, kann heute noch niemand sagen.

Der Kalvarienberg – ein Nachbau der Grabanlage Jesu?

Wenn man heute vor dem Hauptportal der Kirche von Rennes-le-Château steht, erschließt sich nicht sogleich die Absicht, die der Herr Pfarrer damals mit der Umgestaltung der Anlage verfolgte. Bäume und Begrenzungsmauern engen den ganzen Bereich links und rechts des Hauptportals heute einigermaßen ein und lassen ihn recht unübersichtlich wirken.

Selbst wenn man den Plan des Geländes und der Bauten studiert, fällt der Hintersinn des Planers noch immer nicht auf. Erst im Zusammenhang mit den verschlüsselten Geheimtexten fällt plötzlich der Schleier von den Augen, und nun bekommt all das Hand und Fuß, was Abbé Saunière um die Jahrhundertwende gebaut und der Nachwelt hinterlassen hat.

Im wesentlichen handelt es sich um einen Nachbau der Grabanlage Jesu, damit jeder still für sich – wenigstens in Gedanken – am fast authentischen Ort bei seinem Herrn und Heiland beten kann. Hinzugefügt sei an dieser Stelle: So wie ich den Stil des Abbé Saunière bisher kennengelernt habe, bin ich fast sicher, daß er auf dem Gelände irgendwo ein Originalstück aus dieser Grabanlage verbaut hat – vermutlich sogar gut sichtbar, allerdings nur für jene, die „Augen haben zu sehen ..."

Wenn die Annahme richtig ist – und sie steht für mich völlig fest –, daß Abbé Saunière seinen Bauplan nach dem inneren Grundriß der Grabanlage Jesu entwickelt hat, dann bedeutet dies zunächst ein-

mal: Logischerweise muß er diese Anlage zum Zeitpunkt seiner Planungen bereits gekannt haben. Daraus folgt, daß Saunière offenbar schon zwischen 1885 und 1896 erstmals die Grabkammer Jesu betreten hat.
Zu diesem Zeitpunkt kann er jedoch noch nicht Papst der Katharer gewesen sein. Möglicherweise mußte er zwangsläufig zum neuen Katharerpapst gewählt werden, weil er den Zugang zum Grab Jesu kannte. Denn die Katharer anerkennen nur denjenigen als ihren Papst, der zugleich als Hüter des Grabes Jesu fungiert.
In der Vergangenheit haben sich sehr viele Autoren den Kopf darüber zerbrochen, was Saunière bewogen haben mag, die Anlage als Dreieck zu konzipieren. Eine vordergründige Erklärung bietet die verbriefte Halsstarrigkeit des damaligen Besitzers von Schloß Rennes-le-Château: Sein Grundstück begrenzte das Kirchengelände nach Osten hin, und der Schloßherr weigerte sich standhaft, auch

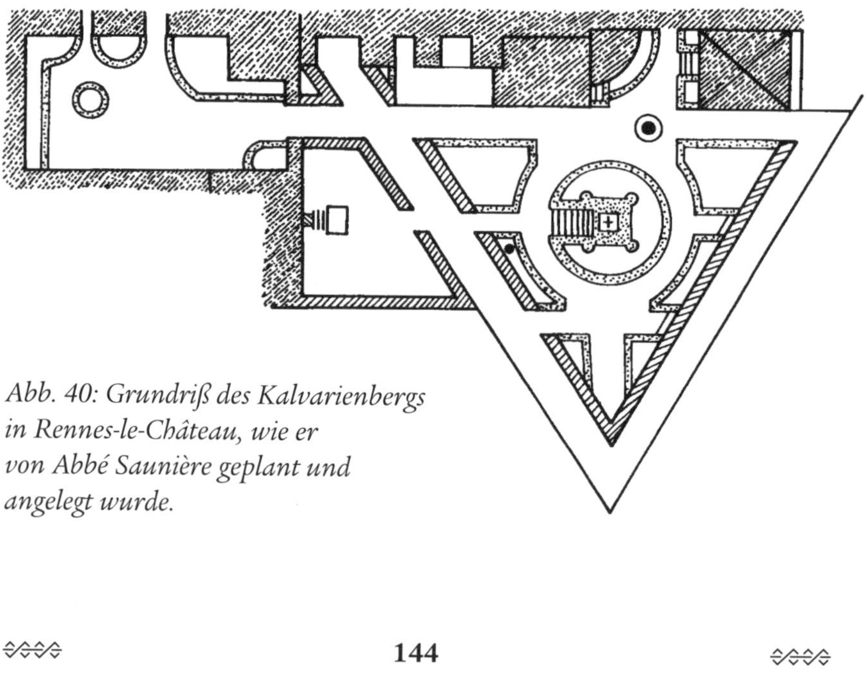

Abb. 40: Grundriß des Kalvarienbergs in Rennes-le-Château, wie er von Abbé Saunière geplant und angelegt wurde.

nur einen Quadratmeter Grund an die Gemeinde oder an Saunière abzutreten. Dieser stand vor dem Zwang, den Friedhof zu erweitern, wofür es aber – neben der unkonventionellen Dreieckslösung – durchaus einige andere Möglichkeiten der Grundrißgestaltung gegeben hätte.

Ungleich plausibler als die kursierenden Spekulationen scheint mir die Annahme zu sein, daß sich Abbé Saunière maßstabsgetreu an das Original der Grabanlage halten wollte. Natürlich drängt sich hier die Frage auf, ob er selbst sich an sein oben zitiertes Gebot gehalten, die beiden Türen im Innern der Grabkammer nicht doch geöffnet und die Räume betreten hat. Allerdings sollten wir auch die Möglichkeit in Betracht ziehen, daß in jenem Vorraum die genauen Pläne der dahinter liegenden Räume aufgezeichnet sind, eben um jenes Gebot zu bekräftigen und zu begründen.

Wenn wir die Anlage nach der Beschreibung des Abbé Saunière auf die wesentlichen Elemente zurückführen, also den Zugangsbereich und den uns beschriebenen Vorraum mit dem steinernen runden Tisch weglassen, dann entsteht ein Dreieck.

Im Inneren des Dreiecks sehen wir einen kreisrunden Raum. Zwar könnte das der kreisrunde steinerne Tisch sein, aber falls dies zuträfe, müßte auf dem Tisch ein Aufbau mit mehreren Treppenstufen stehen. Das aber widerspräche der Beschreibung, die uns Abbé Saunière hinterlassen hat. Folglich wird der innere Kreis einen kreisrunden Raum darstellen, in dem auf einer kreisrunden Erhöhung jener kostbarste Schatz steht: der Gral oder der Behälter mit den Gebeinen Jesu.

Abbé Saunière hat, auf die realen Gegebenheiten von Rennes-le-Château übertragen, seine Gartenanlage so gebaut, daß die wesentlichen Elemente hinsichtlich Maßstab, Anordnung und Bedeutung mit dem heiligen Original übereinstimmen. Das „Höchste" in diesem Garten ist ein steinerner Sockel mit einem Kreuz. Die wichtigste Aussage: Das ist der Platz, wo in der Grabanlage die Gebeine Jesu ruhen.

Abb. 41–44: Der steinerne Sockel mit Kreuz, die höchste Erhebung im Pfarrgarten von Rennes-le-Château. Entspricht diese Stelle dem Ort, wo in der Grabanlage die Gebeine Jesu ruhen? Die Inschriften enthalten weitere Hinweise auf das Geheimnis um Grab und Gral.

PARZIVAL UND DER GRAL

Lassen Sie uns an dieser Stelle einen kleinen Ausflug zu Parzival unternehmen, dem Helden der gleichnamigen Geschichte, welche die Minneritter von den Pyrenäen aus nach ganz Europa trugen. In diesem Epos wird erzählt, wie Parzival umherreitet, auf der Suche nach einem Nachtquartier. Hungrig und müde trifft er auf jemanden, der ihm Hilfe anbietet und ihm den Weg zu einer Burg weist.

Nehmen wir einmal an, daß der See, an dem diese Begegnung stattfindet, identisch ist mit dem See, der in der Nähe des Ortes Arques liegt.
Ehe Parzival endlich die Burg erreicht, muß er über eine Brücke reiten. Auch dieses Detail deutet darauf hin, daß der Ort, an dem die Burg stand, dem von Edmond Boudet identifizierten Platz oberhalb von Rennes-les-Bains entspricht: Der Menhir ist nur dann bequem zu erreichen, wenn man von der anderen Seite, vom Berghang des anderen Flußufers, eine Brücke über den Fluß Sals schlägt.
König Anfortas, der Gastgeber Parzivals, ist schwer krank. Parzival stellt bekanntlich nicht die erlösende Frage nach der Ursache dieser Krankheit. Nachdem er am nächsten Morgen erwacht ist, irrt Parzival im leeren Schloß umher.

Vergleichen Sie die folgenden Komponenten bitte mit der Anlage von Abbé Saunière (Abb. 45, auf die in Klammern verwiesen wird):

- Parzival läuft durch einen langen Gang [A – B_1],
- endlich steht er vor einer Tür [1 oder 2],
- er öffnet sie und findet sich in einem großen runden Saal [C].
- „Der Saal war leer, nur in der Mitte erhob sich ein seltsames Bauwerk, das sah aus wie ein kleiner Tempel [D], eine silberne Kuppel spannte sich über goldenen Säulen und kristallenen Wänden, und darin strahlte ein furchtbares Licht ...
  ‚Der Gral!', ächzte Parzival, raste durch den Saal und stürzte jenseits zur Tür hinaus [Position 3 oder 4]."[5]

Nach meiner Ansicht hat Abbé Saunière mit dem Plan seiner Kirchenanlage weitaus mehr als die im „Parzival" überlieferte Teilbeschreibung hinterlassen: ein Modell der Grabanlage und Gralsburg mit allen Einzelheiten.

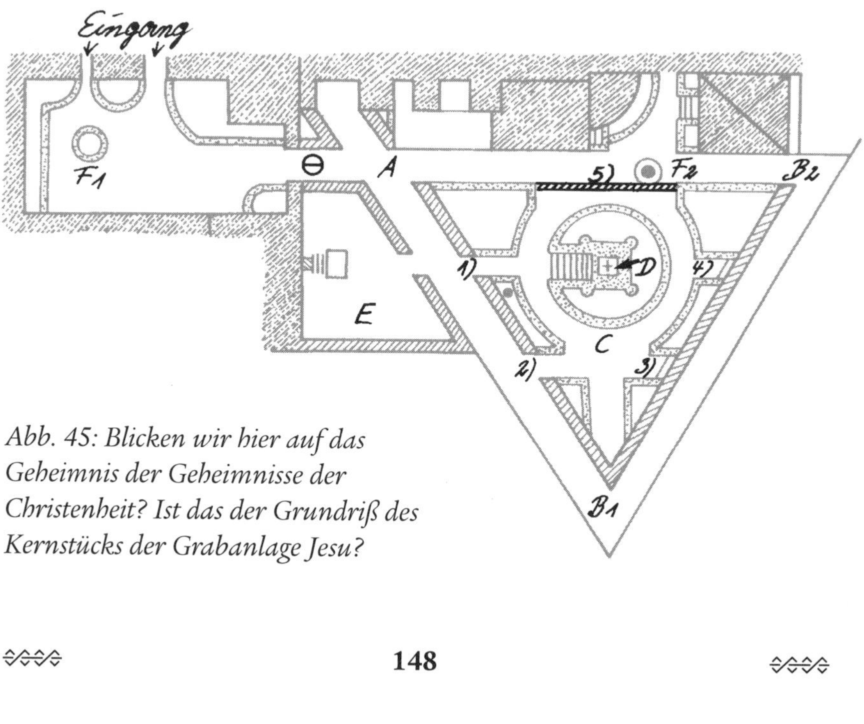

Abb. 45: Blicken wir hier auf das Geheimnis der Geheimnisse der Christenheit? Ist das der Grundriß des Kernstücks der Grabanlage Jesu?

Abbé Saunière zeigt uns einen Gang und Zugänge oder Türen (1–4) zum Hauptraum, der äußerlich dreieckig, im Inneren aber rund zu sein scheint. Ferner sieht man einen Nebenraum (E). Vergleichen wir diese Skizze mit der Beschreibung Saunières, dann finden wir einige Abweichungen. Sie lösen sich aber wieder auf, wenn wir den Raum mit dem runden steinernen Tisch bei F annehmen und den Eingang zur Grabanlage Jesu bei 1 oder 2.

Bei E befindet sich übrigens die Stele, in der Abbé Saunière die Templerdokumente entdeckte. Auf ihr steht heute eine Marienfigur – oder ist es eine als Maria getarnte Maria Magdalena?

DER PALAST DES KATHARERPAPSTES

DIE ANGEBLICHEN SCHATZFUNDE DES ABBÉ SAUNIÈRE

Seit langem rätseln die Schatz- und Grabsucher in der Gegend um Rennes-le-Château, wie der arme Pfarrer Saunière, Seelsorger einer bettelarmen Gemeinde von 150 Seelen, plötzlich zu Geld kam und die verfallene Kirche renovieren konnte. Schließlich reichte sein Geld sogar noch für den Bau einer Gartenanlage mit Türmchen und einer Privatkapelle, die an einen kleinen Papstpalast erinnert. Inzwischen sind viele Bücher über das Leben des Abbé Saunière erschienen. Praktisch jedes einzelne Dokument aus seinem schriftlichen Nachlaß wurde dokumentiert und analysiert, desgleichen seine Aufträge an Handwerker und deren Rechnungen sowie seine Briefe an offizielle Stellen seines Bistums oder an die Behörden seines Regierungsbezirks.
Ohne Zweifel verfügte Saunière über Gönner und außergewöhnliche Einnahmen, aber dennoch klafft zwischen Einnahmen und Ausgaben eine beträchtliche Lücke. Woher also hatte Saunière das Geld für seine Unternehmungen? Hat er einen Schatz gefunden, wie die einen glauben? Immerhin reichte das Geld sogar, um der Gemeinde Rennes-le-Château von Couiza aus eine Straße zu bauen. Vorher hatte man das armselige Nest kaum mit Pferdewagen erreichen können.
Die andere Gruppe dagegen – und hier sind die Vertreter der Sachlichkeit, des Klerus und selbst der Katharer (!) zu finden – spielte alle Auffälligkeiten um den kleinen Landpfarrer herunter.

Geschickt lancierte man schon zu Saunières Lebzeiten und in den letzten achtzig Jahren, daß seine außergewöhnlichen Geldmittel aus dem Lesen von sogenannten „schwarzen Messen" stammten.

Vor hundert Jahren war die römische Kirche mit ihren Schäfchen noch ziemlich streng. Wer es wagte, die Ehe mit einem Nichtkatholiken einzugehen, wurde aus der Kirche ausgeschlossen und durfte auch an deren Ritualen nicht mehr teilhaben. Unter „schwarzen Messen" versteht man in diesem Zusammenhang also keine Praktiken der Schwarzen Magie, sondern die Veranstaltung unerlaubter Messen oder von Toten- und Seelenmessen für exkommunizierte Gläubige. Die Angehörigen bezahlten einem Priester viel Geld, damit er heimlich eine oder mehrere Messen für den im Fegefeuer schmachtenden Sünder las. Und die damals kärglich versorgten Priester nahmen solche Gelegenheiten gerne wahr, um sich ein Zubrot zu verdienen.

Für die verschiedenen Interessengruppen, die nach einer harmlosen Erklärung für den Reichtum des Herrn Saunière suchten, lag es folglich auf der Hand, von möglichen Schatzfunden abzulenken, indem man etwa behauptete, daß der Abbé „schwarze Messen" lese.

DIE KATHARER

Eine andere Variante brachten die Katharer der Region ins Spiel. Sie wünschten aus begreiflichen Gründen keine weitere Diskussion um ihren verstorbenen Papst und streuten daher aus, die betreffenden Gelder stammten von Mlle. Dénarnaud, der Haushälterin Saunières. Das trifft auch in gewissem Maße zu, die von Saunière erworbenen Grundstücke sind tatsächlich mit der Familie Dénarnaud in Zusammenhang zu bringen. Allerdings spart diese Variante einen bemerkenswerten Aspekt der Geschichte aus: Auf diesen Grundstücken machte Saunière offenbar weitere bedeutende Funde.

Abb 46: Marie Dénardaud, die Haushälterin von Bérenger Saunière.

Vergegenwärtigen Sie sich bitte, daß Rennes-le-Château um das Jahr 700 das Zentrum eines kleinen Königreichs gewesen sein soll. Eine Kathedrale mit zwei mächtigen Türmen soll damals die kleine Stadt überragt haben. In der Tat spricht vieles dafür, daß diese Kathedrale etwa auf dem Grundstück stand, auf dem sich heute die Kirche, der Friedhof, das Pfarrhaus und der Pfarrgarten befinden. Was liegt näher als anzunehmen, daß sich auf diesen Grundstücken Eingänge zu Kellern, Stollen und weitere Geheimgänge befunden haben?

DIE KATHOLISCHE KIRCHE

Auch die Kurie wünschte keine weitere Spekulation über Schatzfunde – an deren Ende womöglich die Entdeckung des Grabes Jesu gestanden hätte. Die katholische Kirche brachte daher das Gerücht von den „schwarzen Messen“ auf.
Tatsächlich wurde Abbé Saunière nach seiner Amtsenthebung das Lesen von Messen in der Dorfkirche untersagt. Sicher ist jedoch, daß er weiterhin Messen in seiner Privatkapelle auf seinem Privatgrundstück las. Das konnte man ihm als geweihtem Priester nicht ohne weiteres untersagen.

DAS HAUS BETHANIEN (1900 – 1903)

Zwischen 1898 und 1905 kaufte Saunière Gelände, das an sein Kirchgrundstück angrenzte, hinzu. In einem Brief an seinen Bischof, datiert vom 14. Juli 1911, erklärte er, daß seine Haushälterin Marie Dénarnaud insgesamt sieben Grundstücke für zusammen 1550 Francs kaufen werde.
Auf diesem Gelände entstand nun das „Heilige Land“ des Abbé Saunière mit dem auffälligen Turm, dem Haus Bethanien und dem Garten. Im Jahr 1901 waren die Planungen für das Haus Bethanien so weit abgeschlossen, daß mit dem Bau begonnen wurde. Nach den Plänen Saunières sollte die Anlage ein kleines Paradies werden, mit Tieren, Vögeln, Blumen und seltenen Pflanzen aus der Zeit des Jesus von Nazareth. Es scheint so, als ob er eine Art Mittelpunkt des Königreichs Jesu erbauen wollte.
Normalerweise unterlagen alle Baumaßnahmen, die ein Priester in seiner Gemeinde ausführte, der Kontrolle durch den Bischof seiner Diözese. Hier jedoch konnte Saunière unbehelligt schalten, weil alles auf Privatgrund erbaut wurde. Aus einigen Mahnungen über

unbedeutende Summen (z.B. über 34,50 Francs seitens eines Fassadenmalers) kann man ersehen, daß auch die Handwerker Saunière als den wahren Bauherrn und Budgetverwalter ansahen. Seine Haushälterin scheint wohl mehr die „Strohfrau" gewesen zu sein.
Als der Abbé im Juli 1911 vor seinem Bischof Rechenschaft ablegen mußte, gab er die Baukosten für die Villa mit 90 000 Francs an – eine ungeheure Summe, die das Gerücht vom Schatzfund damals wie heute stützt. Noch der heutige Rechercheur fragt sich unwillkürlich, ob dieser Prachtbau samt eindrucksvollem Mauerwerk um das Grundstück herum für einen so armseligen Ort wie Rennes-le-Château nicht übertrieben war. Wenn man aber die stumme Absicht dahinter vermutet, eine würdige Atmosphäre zu schaffen, in der Jesus sein neues Königreich Israel errichten könnte, dann bekommt das Tun unseres Abbé einen über alle Zweifel erhabenen Sinn.
Außer dem Bezug zum Neuen Testament, wo jenes Bethanien erwähnt wird, gibt es über dieses Haus, in dem Saunière residierte, nichts zu berichten. Es ist nach wie vor in Privatbesitz, und niemand weiß, was seit 1905 so alles an „Auffälligkeiten" aus dem Haus entfernt wurde.

DER MAGDALATURM (1904 – 1907)

Wer nun aber glaubt, daß sich der Bauherr nach Fertigstellung der luxuriösen Villa zunächst eine finanzielle Atempause gönnte, der irrt sich in Saunière. Kaum ist das Haus vollendet, da läßt er den Turm erbauen und gibt als Baukosten 40 000 Francs an. Das entspricht tatsächlich den damaligen Tarifen. Zufolge den Handwerkerrechnungen war der Endausbau des Turmes 1907 abgeschlossen. Alles in allem entstanden für Grundstücke, Villa, Turm, Ter-

Abb. 47: Der Magdalaturm des Abbé Saunière heute.

rassen und Gartenanlage sowie Innenausbau und Möbel Kosten in Höhe von 165 600 Francs.
Auffällig sind die Außenmaße und die Form des Turms, dessen Mauerwerk außen 5,69 x 5,69 m mißt. Er ist im Stil eines Versammlungssaals der Templer gebaut worden: mit einem Kamin im Innenraum sowie Sitzbänken an den Wänden.
Zum wiederholten Mal stellt sich hier dem unbefangenen Betrachter die berechtigte Frage: Sind das die Taten eines kleinen Landpfarrers? Wofür benötigt Saunière einen Templer-Versammlungsraum? Und warum besuchte ihn 1912, wie unter der Hand berichtet wird, ein österreichischer Erzherzog, der als Vorsitzender der Ritter vom Goldenen Vlies gilt? Verspürte er vielleicht den unbezähmbaren Wunsch, in einem neuen Versammlungsraum der Templer vor dem offenen Kamin zu sitzen?
Am südöstlichen Eck des viereckigen Turms fällt ein Rundbau in Form eines Türmchens auf. Über eine Wendeltreppe gelangt man auf das Dach des viereckigen Turms, öffnet eine Tür und steht in

dem runden Türmchen. Es ist, am Außenmauerwerk gemessen, 2,30 Meter breit und hat zwölf kleine längliche Fenster.
Franck Marie und manch andere Forscher sehen in diesem Türmchen den eigentlichen Schlüssel zum Geheimnis des Abbé von Rennes-le-Château. Sie alle haben recht, aber worin genau besteht

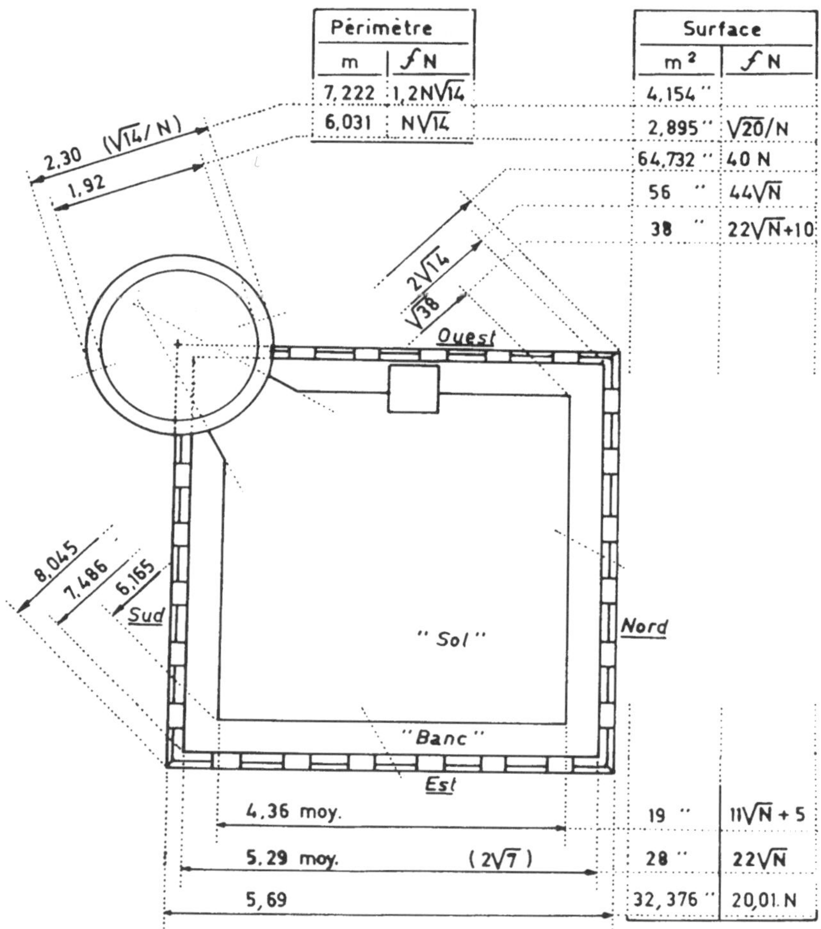

Abb. 48: Der Grundriß des Magdalaturms von Abbé Saunière.

der dort verborgene Schlüssel? Diese Frage findet erstmals im vorliegenden Werk eine plausible Antwort.
In der Vergangenheit peilten hoffnungsvolle Grab- und Schatzsucher wieder und wieder die Himmelsrichtungen und die auffälligen Punkte der Gegenden, in die man vom Turm aus blicken kann. Zahlreiche Autoren dokumentierten ihre Ergebnisse und mußten am Ende doch immer wieder eingestehen: Wir haben nichts in der Hand, überhaupt nichts ...

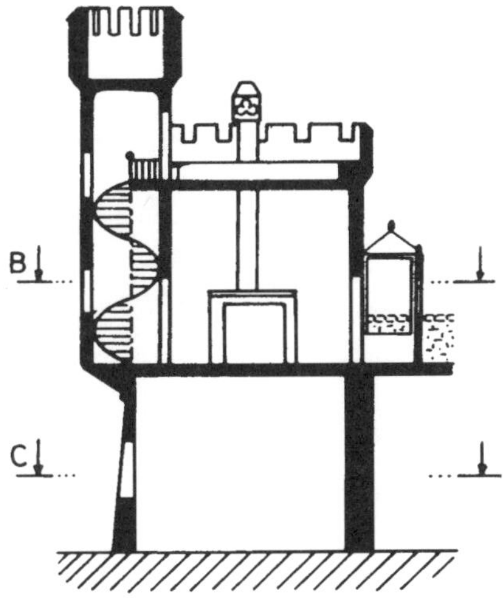

Abb. 49: Querschnitt des Magdalaturms.

Wenn man jedoch dank der Gebrüder Boudet und Edmonds Karte den Zugang zum Jesusgrab kennt, dann kann man das Fenster, das den Blick nach 115 Grad (Ostsüdost) freigibt, identifizieren als

- das Fenster der Fenster
- zum Geheimnis der Geheimnisse,
- zum Berg Serbaïrou und zu dem Flüßchen La Sals, wo das Jesusgrab liegt.

Ostsüdost ist in etwa die Richtung nach Sonnenaufgang. Kann es sein, daß der tote Saunière deshalb gen Morgen blickend aufgebahrt wurde: weil er damit, eine symbolische Geste der Eingeweihten, zugleich zum Jesusgrab schaute?
Nun gibt es noch eine zweite mögliche Peilung: Durch die geöffnete Tür, durch den Raum und das Fenster auf 175 Grad (S) trifft sie bei den Hügeln „Le Barrenck“ genau auf die natürlichen Höhlen

Abb. 50: Peilung durch die Fenster des Turms von Saunière:

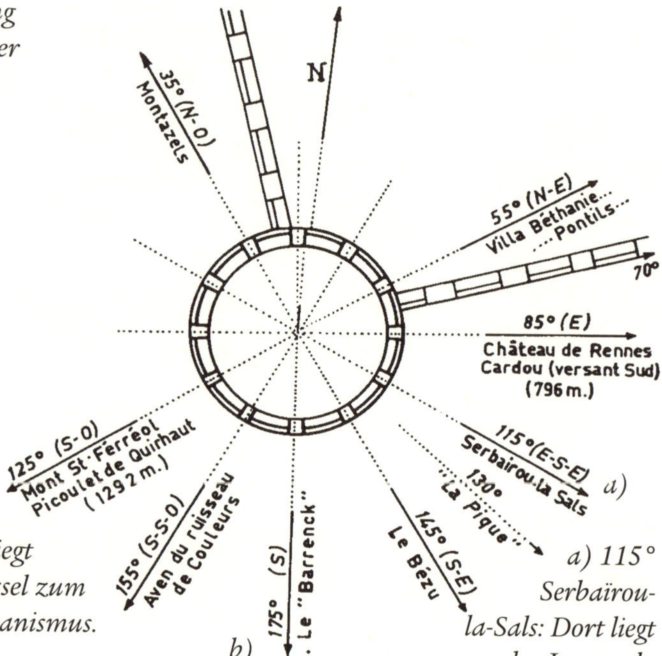

b) 175°: Dort liegt heute der Schlüssel zum Sicherungsmechanismus.

a) 115° Serbaïrou-la-Sals: Dort liegt das Jesusgrab.

von Ruisseau de Couleurs. Hierzu gibt es sogar einen direkten Hinweis von Saunière in der VII. Kreuzwegstation in seiner Kirche. Dort ließ er den Künstler schreiben:

> „Zweites Grab schau auf den Felsen ... Betrachte das Fenster des viereckigen Turms durch die Tür ...“

Was kann mit diesen Worten gemeint sein? Hierauf gibt es, nach allem, was wir in Erfahrung gebracht haben, nur eine plausible Antwort: Abbé Saunière hat den Schlüssel zum Ausschalten des Schutzmechanismus in den Höhlen von Ruisseau de Couleurs versteckt. Nun ist auch dieses Geheimnis ausgeplaudert, das Pendler, Wünschelrutengänger, Schatzsucher und fromme Sektierer seit Jahrzehnten zu lüften versuchen ...

Damit dürfte endgültig klar sein, warum Saunière berechtigt, ja verpflichtet war, einen solchen Aufwand zu treiben: Er hatte den Auftrag, wie jeder andere vor und nach ihm, die Anlage zu sichern und Markierungen für die Nachkommenden zu hinterlassen.
Sein Bischof, der von diesem Auftrag nichts wußte, wird dagegen nur ärgerliche Prunksucht, Gehorsamsverweigerung und ähnliche Machenschaften geargwöhnt haben. Saunière wurde, wie gesagt,

Abb. 51: Diese Peilung von Saunières Fenster aus führt direkt zum Versteck des „Schlüssels" zum Jesusgrab.

nach zahlreichen Ermahnungen und Verwarnungen als Geistlicher von Rennes-le-Château abgesetzt. Doch er zog sich daraufhin lediglich aus dem Areal der Kirche von Rennes-le-Château zurück. Weiterhin wohnte er in der Villa Bethanien, die ja als Privatbesitz bischöflichen Weisungen entzogen war. Und plötzlich sahen sich die Einwohner von Rennes-le-Château gleich zwei Priestern gegenüber: dem abgesetzten Saunière, der prächtig in seiner Villa residierte, und dem Nachfolger, der sich auf dem Kirchengrund ein kärgliches Zimmerchen einrichten mußte.

Das Ende dieser erstaunlichen Geschichte ist rasch erzählt: Saunières Eingabe gegen seine Amtsenthebung wurde erst 1915 in Rom zugelassen und kam nicht mehr zum Abschluß: In seinem Turm erlitt Bérenger Saunière einen Schlaganfall, dessen Folgen er am 17. Januar 1917, versehen mit den Sterbesakramenten, erlag. So hatte das Leben auf seine Weise diese Angelegenheit geregelt.

Nach dem Tod von Saunière lief seine Haushälterin Marie Dénarnaud aufgeregt durch den Ort und rief immer wieder aus: „Jetzt ist alles verloren, der Herr Pfarrer ist tot!“ Als sie sich wieder gefaßt hatte, schwieg sie und blieb fortan bis an ihr Lebensende stumm. Nach dem Ersten Weltkrieg verbrannte sie im Hof des Hauses Bethanien große Bündel alter, ungültig gewordenen Franc-Noten – aus einem naheliegenden Grund, wie manche Insider vermuten: So mußte sie nicht noch nachträglich Rechenschaft darüber ablegen, woher diese Geldsummen stammten.

Ein Vermögen, das der Phantasie vieler Schatzsucher bis heute Flügel verleiht. Rennes-le-Château ist längst zu einer Kultstätte geworden. Jedes Jahr besuchen zahlreiche Touristen den geheimnisvollen Ort, die meisten wohl in der Hoffnung auf eine Eingebung, wo Saunière den großen Schatz verborgen haben mag.

Möglicherweise aber wird sich das entlegene Städtchen sehr bald schon zu einer heiligen Stätte für Christen aus aller Welt entwickeln, die in die Pyrenäen pilgern, um dort die Grabanlage zu besuchen, wo der Leichnam Christi seit zwei Jahrtausenden ruht.

DAS GEHEIMNIS DER GEHEIMNISSE

Auf den folgenden Seiten finden die interessierten Leser die wichtigsten Bild- und Kartendokumente zum „Geheimnis der Geheimnisse“ noch einmal übersichtlich zusammengestellt.
Diese Zusammenfassung versetzt Sie in den Stand, die Argumentation dieses Buches noch einmal nachzuvollziehen, ohne viel hin- und herblättern zu müssen: Sie finden das beschriebene Bild des Gebietes um die Gralsburg, das eine Pietà in dem Berg Serbaïrou zeigt, zwei Ausschnitte und einmal die vollständige Karte des Edmond Boudet mit seinen Markierungen, die auf das Jesusgrab verweisen. Den Abschluss bildet eine Übersichtskarte, auf der der Weg eingezeichnet ist, auf dem bereits Parzival zur Gralsburg gelangt sein kann.

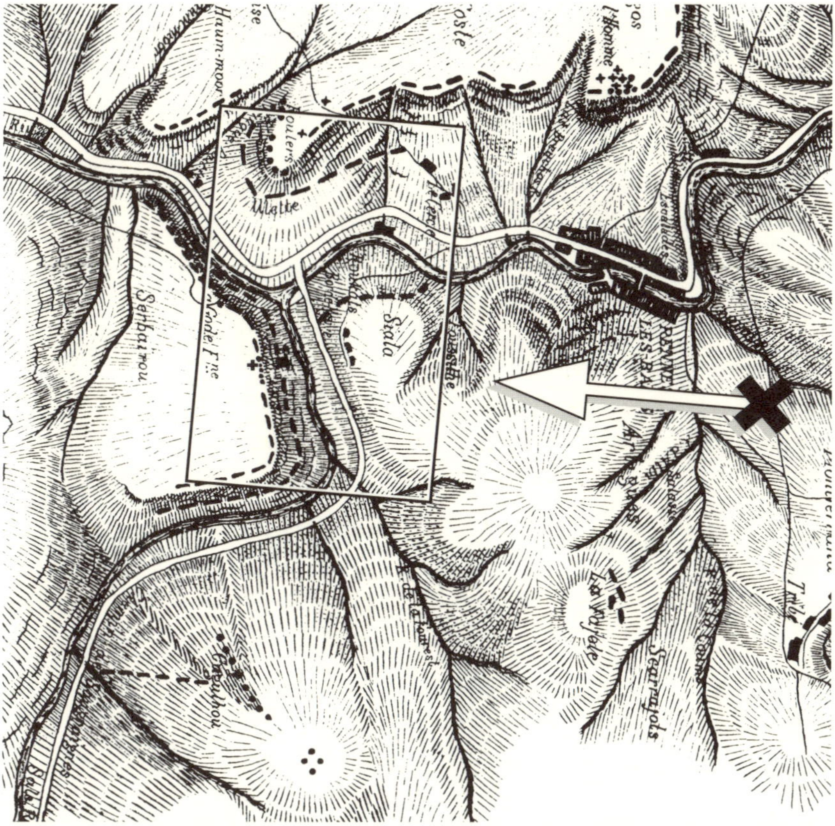

Abb. 52 (Seite 162) + Abb. 53 (Seite 163):
Dies ist das vollständige Gemälde (Seite 162) eines unbekannten Malers, das den geöffneten Berg zeigt, darin die Pietà mit ihrem toten Sohn (oder Geliebten?). In die Karte von Edmond Boudet (Seite 163) eingezeichnet sind in etwa der Ausschnitt, den das Gemälde zeigt, sowie Standort und Blickrichtung des Betrachters. Klar zu erkennen ist die Stelle, an der die beiden Flüsse Blanque und Sals zusammenfließen, und dahinter der Berg „Serbaïrou", der auf dem Gemälde mit der Pietà zu sehen ist.

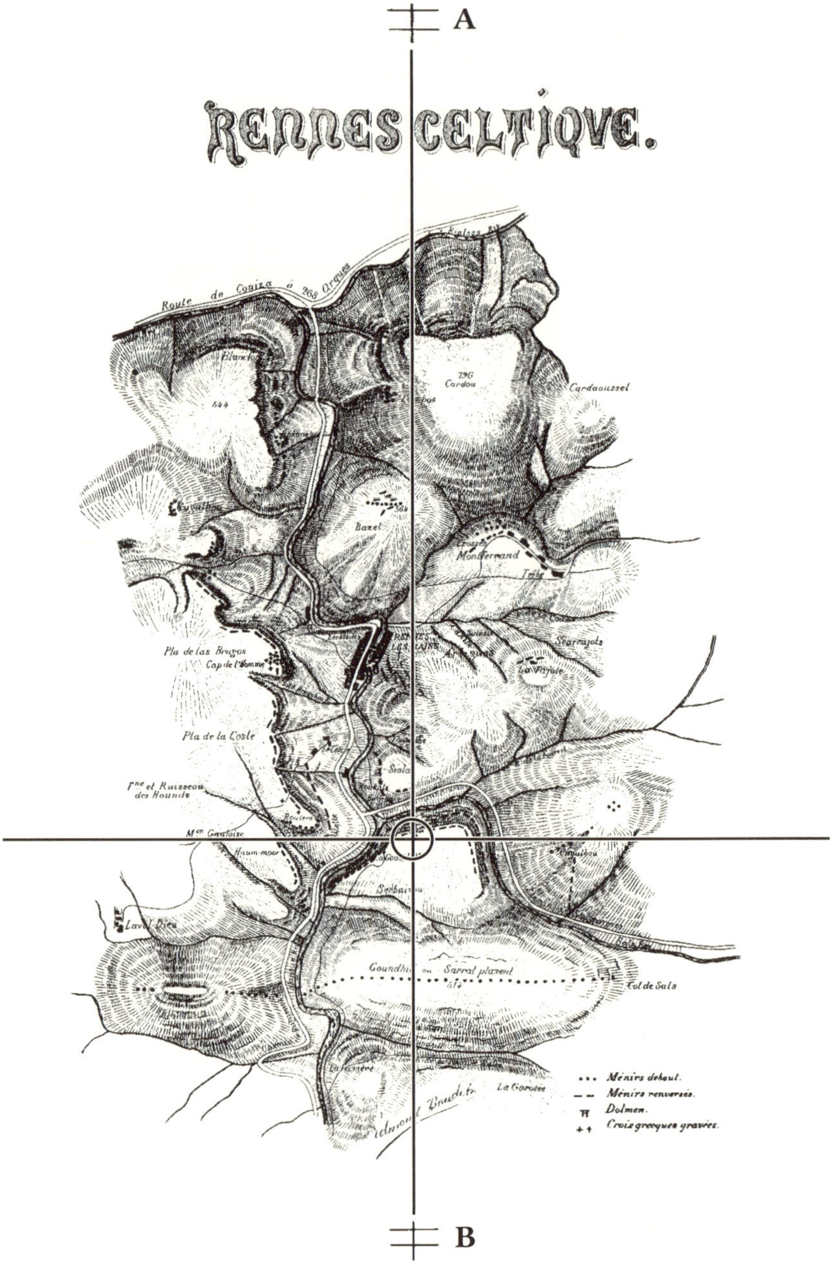
A
RENNES CELTIQVE.
Cardou
Cardaoussel
Bazel
Montferrand
Serrajols
Pla de las Brugos
Cap de l'Homme
Pla de la Coste
Laval Dieu
Col de Sals
La Gorosse
Ménirs debout.
Ménirs renversés.
Dolmen.
Croix grecques gravées.
B

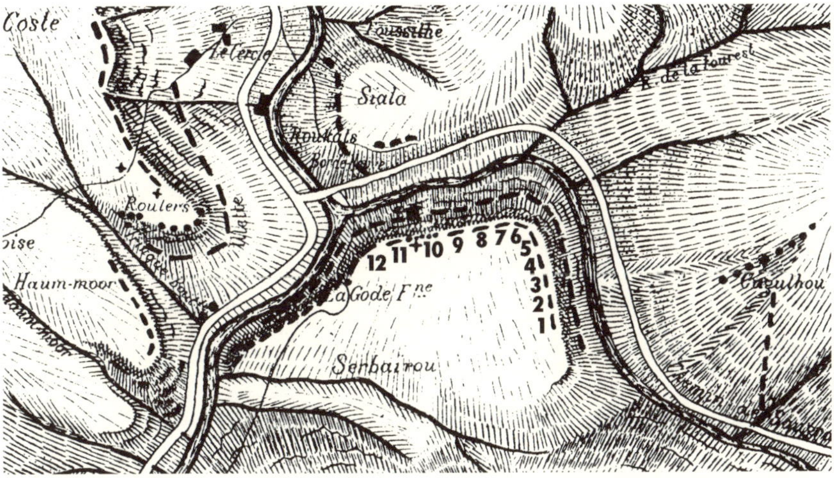

Abb. 55: Zählt man gegen den Uhrzeigersinn die Menhire 1–12 ab, so stellt sich heraus, daß sich das Kreuz genau zwischen dem 10. und dem 11. Menhir befindet, wie es die Inschrift auf dem Grabstein der Brüder Boudet verheißt.

Abb. 54 (Seite 164): Das Geheimnis der Brüder Boudet: Das Kreuz markiert den Zugang zur Grabanlage. Die Markierungen A und B brachte Edmond Boudet auf seiner Karte an.

Abb. 56: Auf diesem Weg scheint bereits Parzival vom See, wo er nach einer Herberge fragte, bis zum Gralsberg gelangt zu sein, wo sich bis heute das Grab Jesu befindet.

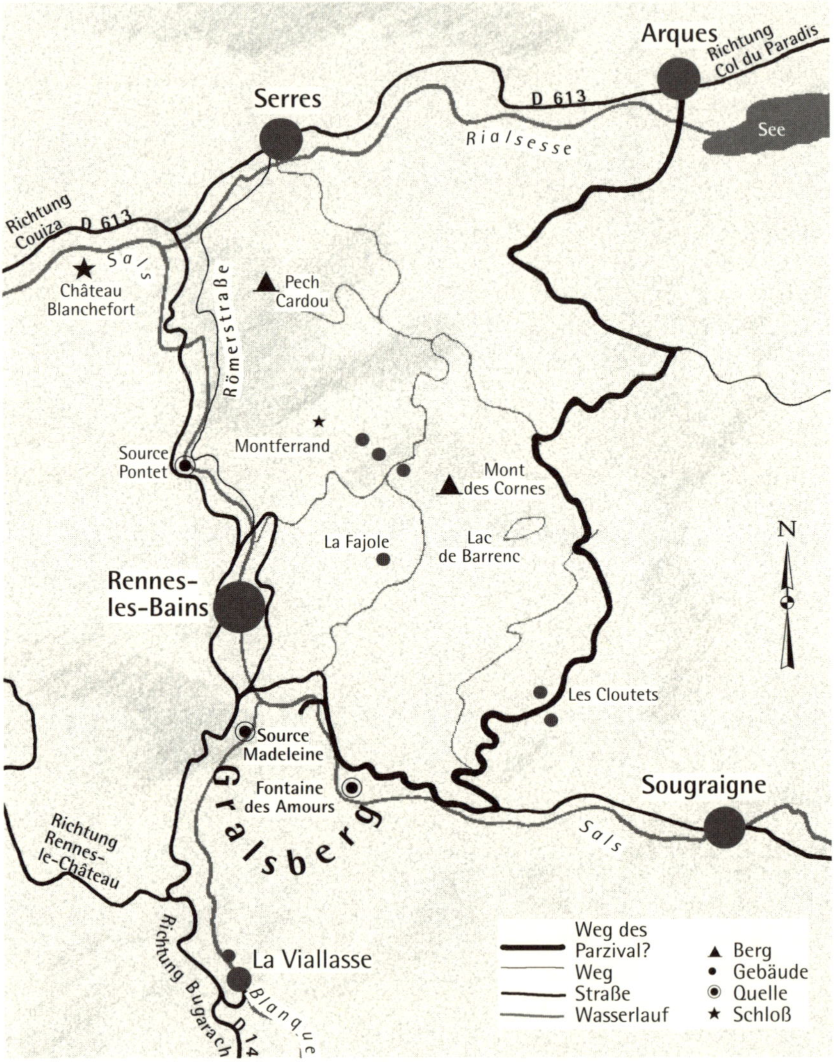

NACHWORT

Ich bin überzeugt davon, daß wir uns seit längerer Zeit – in kleinen Schritten, aber zielstrebig – dem geheimen Sinn des Gralsmysteriums nähern. Einen ersten Schritt haben die beiden Priester Saunière und Boudet vor etwas mehr als hundert Jahren getan. Nun ist es an uns, die nächsten Schritte zu gehen, aber –
behutsam, bitte.
Bedenken Sie, liebe Leser, daß es sich bei diesem Mysterium um das kostbarste Geheimnis der Christenheit handelt. Zwangsläufig werden etliche Menschen aufgrund verschiedener Interessen, Absichten und Einstellungen die Enthüllung dieses Geheimnisses nicht gutheißen, ja sogar zu verhindern versuchen.
Ich denke hier zum einen an jene Menschen, die aus berechtigter Angst vor Zerstörung *um jeden Preis* versuchen werden, das Geheimnis zu bewahren. Sie werden jedoch in Zukunft Rechenschaft ablegen müssen, ob sie richtig handeln, wenn sie auch heute noch eine Entwicklung behindern, für die unsere Zeit nach meiner Ansicht reif zu werden beginnt.
Zum anderen meine ich jene Menschen, die ohne zwingenden Grund keine Veränderung ihres Glaubens zulassen wollen. Sie müssen sich indes fragen lassen, ob sie sich nicht versündigen, wenn sie nur um der persönlichen Sicherheit, um des Vorteils willen Millionen von Gläubigen einen zentralen Bestandteil des ursprünglichen Glaubens vorenthalten.
Abgesehen von diesen beiden Gruppen gibt es natürlich auch diejenigen, die höhnisch beobachten, wie die Zufriedenheit im Glauben verlorengeht. Sie werden versuchen, die drohende Verwirrung womöglich noch zu schüren, da sie ihnen als Seelenfängern nützt.
Und wo stehe ich, der Autor dieses Buches? Ich bin konfessionslos. Wenn Sie diese Zeilen lesen, widme ich mich bereits einem anderen

Thema, das mich mindestens ebenso fasziniert. Dank glücklicher Umstände bin ich in der Lage, geheime Texte zu lesen, so daß ich nicht genötigt bin, die berühmte Nadel im Heuhaufen zu suchen: Mein Heuhaufen ist vergleichsweise auf eine Gabel voll Heu geschrumpft.

In den vergangenen Jahren habe ich gelernt, daß man, um Ereignisse aus längst vergangener Zeit in den Schriften besser verstehen zu können, manchmal auch scheinbar Unzweifelhaftem einen neuen Platz zuweisen muß. Daher weiß ich, daß selbst die Enthüllung des Mysteriums um das Grab Jesu keineswegs solche Umbrüche nach sich ziehen wird, wie mancher im ersten Moment vermutet.

Das Dogma, daß Jesus auch körperlich zum Himmel aufgestiegen sei, ist kein notwendiger Bestandteil der christlichen Heilsbotschaft. Ohne diese einst auf Kirchenkonzilen dekretierte Behauptung verliert die christliche Verheißung nicht im mindesten an Glanz. Im Gegenteil: Die Verwalter der einzigen Offenbarungsreligion, die auf *historischen* Behauptungen fußt, müßten sich letztlich glücklich schätzen, wenn sie endlich den Beweis antreten können, daß der Religionsstifter und Gottessohn Jesus Christus tatsächlich einst unter uns Menschen weilte.

Was also sollen wir nun unternehmen, nachdem wir wissen, wo sich das Geheimnis der Geheimnisse befindet? Sollen wir es vollends lüften oder nicht?

Wir sollten es tun!

Aber bitte nicht als Einzelgänger, heimlich und bei Nacht und Nebel, sondern gemeinsam. Kein sich privilegiert dünkender Katharer, kein Bischof oder Papst sollte sich dieser Aufgabe unterziehen, sondern eine Gruppe von bescheiden Dienenden: die einen als Beobachter, die anderen als behutsam Öffnende.

Nachdem seit Jesu Tod 2000 Jahre vergangen sind, sollte man nun nicht danach streben, möglichst innerhalb von Tagen das Geheimnis in seinem ganzen Umfang zu entschleiern. Anfängliche Aufre-

Abb. 57: Die Menhire der Gralsburg bei Rennes-les-Bains. In dieser Landschaft ist der Gral verborgen.

gungen, ja auch hysterische Reaktionen, die nicht ausbleiben können, werden sich bald wieder legen. Vielleicht kann die Offenlegung des Geheimnisses auch ein wenig vom Hochmut des christlichen Glaubens, die dem nicht so überzeugt Gläubigen, allerorten entgegenschlägt, in Demut verwandeln und hierdurch zum friedlichen Miteinander beitragen.

Sollte es gleichwohl Gründe geben, mit der Öffnung noch zu warten, dann sollten wir auch diese akzeptieren. Wichtig ist im Augenblick, daß das Wissen einiger Weniger im Begriff ist, zum Allgemeinwissen zu werden.

Und wenn Sie, liebe Leser, demnächst einmal nach Lourdes oder nach Spanien reisen, sollten Sie vielleicht den kleinen Abstecher in das Aude-Tal einplanen, um wenigstens von weitem einen Blick auf die Gralsburg oberhalb von Rennes-les-Bains zu werfen.

ANMERKUNGEN

[1] Ein Perpetuum mobile, welches durch die Erdrotation in Bewegung gehalten wird. Es erinnert an das Foucault'sche Pendel und wird in einer anderen Lesart auch „die kleine Welt des Menschen" genannt.

[2] Ob die heutigen Ritter vom „Goldenen Vlies" (lat. Aureum Vellus), die ihren Namen offiziell von der hellenischen Jasonsage ableiten, in Wahrheit aber auf den Geheimnissen der Templer fußen, heute noch über das Wissen verfügen, läßt sich nicht sagen. Interessant ist allerdings, daß Herzog Philipp III. von Burgund diesen Orden am 10. Januar 1429 gestiftet hat. Karl der Kühne (1433–1477, angeblich durch Fememord geendet) war ein Ritter dieses Ordens, dessen Geheimnis um den „güldenen Widder" er nach seiner eigenen Erklärung „vermittels treuer Freunde erlangt hat".

[3] Nebenbei gesagt: Sie starb am 17. Januar 1781. Nach einem weiteren Gerücht sind die konservativen Katharer in der Lage, ihren Todestag selbst zu bestimmen. Und aus Gründen, die noch unbekannt sind, wählen sie allesamt einen Tag zwischen dem 15. und 25. Januar!

[4] „Meyers Konversations Lexikon" von 1886: „Elohim, der hebr. Name für den Begriff der Gottheit, eigentlich Pluralform von dem nur poetisch gebrauchten Eloah. Die Pluralform, welche die ältere Theologie zum Teil auf die Dreieinigkeit bezog, erklärt sich am wahrscheinlichsten als Nachwirkung des ursprünglichen Polytheismus, drückte dann aber im Bewußtsein des monotheistischen Juden die Vielheit von Merkmalen, die sich im Begriff Gottes zusammenschließen, die Fülle seines Wesens aus.

[5] Zit. n. August Lechner: Parzival, Innsbruck 1984

LITERATUR-VERZEICHNIS

Bordes, Richard: Les Merovingiens à Rennes-le-Château. Mythes ou Réalités. Arques 1984

Boudet, Henri: La vraie langue celtique et Le Cromleck de Rennes-les-Bains. Nizza 1984 (Carcassonne 1886)

Chaumeil, J.L. / Rivière, J.: L'Alphabet Solaire. Introduction à la langue universelle avec des textes inédits de l'Abbé Saunière. Paris 1985

Corbu, Claire / Captier, Antoine: L'héritage de l'Abbé Saunière. Nizza 1985

Elie, H.: Le Saint Graal. Revelation des mystères du haut razes. Couiza o.J.

Jarnac, Pierre: Histoire du trésor de Rennes-le-Château. Nizza 1985

Les Cahiers de Rennes-le-Château, Band 1, Nizza 1984

Les Cahiers de Rennes-le-Château, Band 2, Nizza 1984

Marie, Franck: Rennes-le-Château. Etude critique. Paris 1978

Rivière, Jacques: Le fabuleux trésor de Rennes-le-Château. Le sécret de l'Abbé Saunière. Nizza 1983

ABBILDUNGS-VERZEICHNIS

Alarich 15, 16, 28, 55, 56, 58

REGISTER